# あの日、君と
## Boys

ナツイチ製作委員会 編



集英社文庫

あの日、君と Boys ―― *Contents*


逆ソクラテス ―― 伊坂 幸太郎 ―― 7

骨 ―― 井上 荒野 ―― 75

夏のアルバム ―― 奥田 英朗 ―― 97

四本のラケット ―― 佐川 光晴 ―― 131

さよなら、ミネオ ―― 中村 航 ―― 159

ちょうどいい木切れ ―― 西 加奈子 ―― 225

すーぱー・すたじあむ ―― 柳 広司 ―― 255

マニアの受難 ―― 山本 幸久 ―― 285


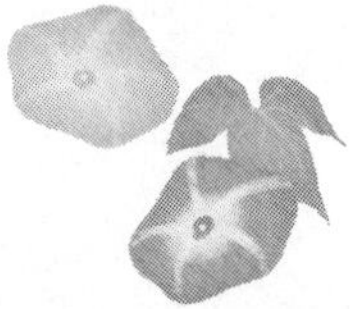

◇
本文イラスト
坂本ヒメミ
◆
本文デザイン
成見紀子

# あの日、君と Boys

# 逆ソクラテス

伊坂 幸太郎

伊坂 幸太郎
いさか・こうたろう

1971年千葉県生まれ。東北大学法学部卒業。2000年『オーデュボンの祈り』で新潮ミステリー倶楽部賞を受賞しデビュー。04年『アヒルと鴨のコインロッカー』で吉川英治文学新人賞、「死神の精度」で日本推理作家協会賞（短編部門）、08年『ゴールデンスランバー』で本屋大賞、山本周五郎賞を受賞。『重力ピエロ』『終末のフール』『フィッシュストーリー』『モダンタイムス』『マリアビートル』『仙台ぐらし』『PK』など著書多数。

◇

リビングのソファに腰を下ろし、ダイニングテーブルから持ってきたリモコンを操作する。買ったばかりの大画面テレビはまだ、他の家具とは馴染《なじ》んでおらず、態度の大きな転入生、しかも都心から田舎町にやってきた生徒のような、違和感を滲《にじ》ませていた。先ほど消したばかりではないか、とテレビが苦笑するのが聞こえるようでもある。

実況するアナウンスの声が聞こえた。明瞭な声で、さほど目新しくもないコメントをすらすらと述べる。

プロ野球のペナントレースも終盤だった。夏の終わりまで首位の在京球団が独走態勢にあったのが、二位の球団が驚くほどの追い上げを見せ、すでに二ゲーム差まで詰め寄っている。それだけに観客の注目も集まっているのだろう、テレビの画面越しとはいえ、熱気が伝わってくる。

在京球団の投手がワインドアップポジションからボールを投げる。打者が見逃す。審判がストライクを告げた。

映ったスコアボードには、ゼロが並んでいる。八回の表のマウンドに立つ、現役最高額の年俸を誇るエースは、ずいぶん堂々としていた。

右打席に立つのは、三番打者だ。恵まれた体格の割に童顔で、今シーズンは打点、本塁打の二冠が確実と言われている。女性ファンも多い。打者は耳を触り、バットを構えた。

二球目が投げられる。ほぼ同時に、打者の体が美しく回転し、音が鳴る。打ちました、と実況のアナウンサーが甲高い声を上げる。

打球の飛距離はかなり長い。カメラがボールを追う。投手が苦しい表情で、振り返る。センターの一番深いスタンドに向かい、ボールは落下していく。大きな放物線を描く、その動きに、観客の誰もが見入っていた。

その時、背中を見せ、走っているのは守備要員で入ったばかりの選手だった。体は大きくないものの、粘り強さと選球眼で打率は良く、今シーズンのチームの原動力となっていた。ただし、独断専行が過ぎる監督に反発したが故に、スタメンから外されることが多くなっており、そのことはたびたびスポーツ紙やファンから嘆かれてもいた。私怨で、監督がチームの足を引っ張って、どうするつもりなのか、と。その、中堅手は駿足で飛ばしている。日ごろの監督との対立で溜《た》まっていた鬱憤を晴らすかのような快速だ。捕まってなるものか、とボールが速度を上げたようでもある。

中堅手がセンターフェンスに向かい、跳躍する。ぐんと、飛び上がる。そして、宙で体を反り返らせ、着地した。ボールは？　注視していた観客たちが無言ながら、一斉にそう思う。ボールはどこだ？

誰もが息を呑《の》む、短い時間があり、その後で、中堅手が挙げた左のグローブに白いボールが見えた。観客席から場内の空気をひっくり返す、大きな声が湧き上がった。

中堅手はその場で、右の肘を曲げると、空中に浮かぶ透明の宝を、大事に、そして、全身の力で、握り締めるかのような仕草をした。小さなガッツポーズとも見える。それから、両手で顔をこする。ばしゃばしゃと洗う仕草で、その後で、指を二つ出した。

彼は持っていたリモコンの電源ボタンを押す。大型テレビは仄《ほの》かに息を漏らすような音を立て、画面が暗くなる。

◇

中学、高校での思い出は、良くも悪くも、思春期特有の恥ずかしい出来事が多いからか、実体を伴っている。が、小学生の頃のこととなると、ぼんやりとしたものだ。

小学六年生のあの数ヶ月のことも、大事な記憶であるにもかかわらず、思い出そうとすれば、どこか他人の冒険譚《ぼうけんたん》を読むような気持ちになった。

断片的に、ぽつりぽつりと蘇《よみがえ》る場面を思い出すがままに並べていく。

ぱっと浮かぶのは、授業中の机に向かう自分、算数のテストの時だ。

机に座り、答案用紙を前に高まる鼓動を抑えるのに必死な、僕がいる。学力も運動もそこそこの、クラスの中で目立つ存在でもなければ、疎まれる存在でもない、そういう生徒だった。中学から高校、大学と進むにつれ、学力は威張れるものではなくなり、運動も平均的な動きしかできなくなり、だんだんとしょぼくれた生活を送るようになったから、小学校時代は一番マシだった、と言うこともできる。

算数の問題はさほど難しくなかった。担任の久留米は最後の二問はいつも難問を用意するため、なかなか全問正答はできなかったが、それ以外のものであれば、僕の頭でも解けた。あとは、久留米が、「はい、そこまで。後ろから答案用紙を回しなさい」と言うのを待つだけだった。

いつもなら、だ。その時は違った。

僕の左手の中には、丸めた紙切れが握られていた。右側の席にいる、安斎が寄越《よこ》してきたものだ。紙切れの中には、数字が記されている。小さな字で、安斎が書いた。一問ごとにカンマ区切りで、テストの答えが記してある。

「俺が加賀に渡すから、加賀は隣の草壁に、その紙切れを渡すんだ」安斎は、僕に指示を出していた。

落ち着け、と心で唱えるたびに、その言葉に反発するかのように、心臓が大きく弾んだ。久留米に見つかったらどうなるのか。そもそも、小学生の頃は教師は絶対的に、正しい存在だった。僕たちを指導し、正解を教えてくれ、誤りを正してくれる役割と信じ、疑ってもいなかった。

さらに、久留米には独特の、威厳があった。体格も良く、顔は俳優のように整い、歯並びも良かった。あの頃の久留米は、三十代後半のはずだから、自分の父親よりも若かったことになる。にもかかわらず僕にとっては、父よりもよほど年長で、よほど厳格な、恐ろしい父親の印象があった。久留米が担任となるのは、五年生から二年目であったが、彼に名前を呼ばれるたび、緊張が走るのは変わっていなかった。僕に限らず、生徒全員が、どこか萎縮していた。ように思う。

あれほど安斎たちと予行練習をしたのに、と思う。いや、実際、あの時はそう思う余裕すらなかったのかもしれない。鼓動の音が頭を埋め尽くしていた。

その時、佐久間が挙手した。クラスで最も背の高い女子で、目が大きく、端的に言って美人で、いわゆる学校で最も注目を浴びるタイプの同級生だった。父親は有名な通信会社の取締役で、テレビにも時折出演し、地域の経済に貢献しており、母親のほうは教育熱心で、学校のやり方によく口出しをしてくる人物だった。さまざまな理由から、学校側も佐久間には一目置いていた。

その佐久間が手を挙げ、「先生」としっかりした声で言う。

「何だ」久留米が、佐久間を見た。

「このプリント、読みにくいんです」

どこだ、と久留米が彼女の机に近づいていく。

予定通りだ。覚悟を決めた。あの、佐久間が、リスクを省みず、「カンニング作戦」に協力しようというのだ。僕がやらなくてどうする。

久留米が、佐久間の横に行き、長身を屈《かが》め、プリントを見つめたところで、僕は左手をそっと伸ばし、草壁の机の上に紙切れを置いた。姿勢を変えず、左腕だけを静かに動かす。大きな動作ではないものの、目立つ行為に思えてならない。

「本番で緊張しないためにはとにかく、何度も何度も事前に練習をやって、自動的に体が動くようにしておくことだよ」

安斎のアドバイス通り、僕は一週間前から休み時間のたびに、練習をしていた。隣の草壁の席へ、そっと手を動かす練習だ。

その甲斐《かい》があったのかもしれない。一度、体を動かしはじめれば、後は自動的に、紙切れを草壁の机の上に置いていた。

　使命を果たした安堵《あんど》に包まれながらも、心臓の動きはさらに強くなり、それを隠すために答案用紙にぐっと顔を近づけた。

　計画当初、僕は、「どうせ、正解を書いたメモを渡すんだったら、解答を紙に書く役割も、僕がやったほうがいいんじゃないかな」と提案した。算数のテストであれば、僕もある程度の点数を取る自信があったし、安斎が答えを書き込んで僕に紙を渡し、それを僕から草壁に渡す、という二段階の手順を踏むよりも、僕が答えを書き込んで草壁に渡す、というほうがスムーズに思えた。が、安斎は、「違う」と言い張った。「作業は分担したほうがいい。それに、草壁の隣の加賀よりも、隣の隣の俺のほうが気持ち的に余裕があるから、答えを書きやすい」

　安斎の読みは鋭かった。実際、テスト中に自分が紙切れに解答を書き込むことは無理だった。緊張で、その場で倒れたかもしれない。

　メモを受け取った後、左側の草壁がどのような行動を取ったのか、僕は覚えていない。ただとにかく、カンニングを実行した罪の意識と、危険を省みず行動を起こした高揚感で、ひたすら、どきどきとしていた。

◇

美術館に行った時のことも、覚えている。二回、訪れた。初回は、算数テスト作戦の前だったか、後だったか。どちらにせよその近辺のことなのは間違いがない。何しろ、それも計画の一つだったからだ。

「加賀はこの美術館に来たことがあるのか」と安斎に訊《たず》ねられ、僕は、「ここが何の建物かも分からなかった」と正直に答えた。絵画に興味があるはずもなく、学校の近くに、不思議な形の、大きな施設があることは知っていたものの、縁があるものとは思っていなかった。

館内に入ったところで、安斎はここに来たことがあるのか、と訊《き》き返した。するとその声が、広い館内には大きく響き、ぎょっとし、背中が冷え冷えとした。人はちらほらいたが、全員が息を潜めているかのようで、誰かの足音がしただけでも、天井が崩れ、巨大な鬼が顔を出し、「見つけたぞ」と噛《か》みついてくるのではないか。それを誰もが恐れている。そういった想像をしたくなるほど静かだった。

「時々、暇な時は、ここを観に来るんだ」と安斎が言うので、僕は安易ではあるが、尊敬してしまう。

僕は、ただ、どぎまぎとしながら安斎について行っただけであるから、詳細は分からなかったが、おそらくあれは常設展だったのだろう。地元在住の、抽象画家の作品のコーナーに、ランドセルを背負ったまま、歩を進めた。

「この絵、地元の画家の作品みたいだよね」と安斎が小声で言う。

「いや、知らないよ」びくびくしながら、囁《ささや》いて返事をする。

小六の四月に、東北から転校してきたばかりの安斎のほうが、地域のことに詳しいのは何とも恥ずかしかったが、安斎が物知りなだけ、とも思えた。たぶん、クラスの誰も、地元の画家のことなんて知らなかったはずだ。

「抽象画で有名なんだって。前に来た時に、学芸員のお姉さんに聞いたんだけど、海外でも評価されているらしくて」

もはや、あの時の僕にとっては、「抽象画」はもとより、「学芸員」も「海外」も未知なる、遠い世界の言葉だった。

「へえ」知ったふりをして、答えた。「こんな、落書きみたいなものが、凄《すご》いの？」

小学校の頃の自分を庇《かば》うわけではなかったが、その絵は実際のところ、落書きじみていた。線が引かれているかと思えば、渦巻きのようなものもあり、青色と赤色が飛び散っている。

安斎が奥のほうに行ったので、僕も続く。以前から時折来ていた安斎のことを、美術館の係員たちは、「絵画好きの子供」と認識していたからか、学校帰りの僕たちのことも不審がらず、むしろ勉強熱心な子供たちと目を細めている向きもあった。

素描画が並ぶ壁で立ち止まった。葉書三枚くらいの大きさの小品ばかりで、いずれも色のついていない、ラフな下書きじみていたため、僕は正直に、「これなら僕でも描けそうな気がするけれど」と感想を洩らした。

安斎は、「本当にそう思う？」と訊ねてきた。

「描けそうだよ」

「実際にはこれって、子供には描けないよ」

「そうなの？」

「デッサン力があるから、ここまで崩せるんだ」

安斎の言葉の意味は、もちろん僕には分からない。「でも、描けそうだと思わない？」としつこく言い返した。

安斎はそこで満足そうにうなずいた。「それがポイントだよね」

「ポイント？　何の？」

安斎は僕の問いかけには答えず、周囲を見渡した。会場の隅には、椅子があり、監視役のようにして係の人が座っている。

記憶が正しければ、その日はそこで僕たちは美術館を後にした。

そして帰る道すがら、安斎に、その作戦の内容を聞かされたのだ。

次の記憶の場面は、また美術館だ。日を空け、二度目に訪れたところで、僕たちはやはり、常設展会場の隅に立っている。隣の安斎が、「よし、加賀の出番だよ」と言う。

「え」

「ほら、説明した通りに」

「本当にやるのかい」

「そりゃあもちろん」

そこから先のことは実はあまりよく覚えていない。算数のテストで、カンニングを行った場面よりも、曖昧模糊《あいまいもこ》とした、ふわふわとした煙に包まれたものとして、自分の中に残っている。おそらく罪の意識と緊張のあまり、現実味が薄くなっているのだろう。

僕は、会場の隅にいる学芸員に話しかけにいった。「あの絵は何について描いているんですか」と入口近くの作品を指差し、訊ねた。すると学芸員の女性が、小学生の僕に、驚きと微笑《ほほえ》ましさを浮かべ、立ち上がり、絵の前でいくつか親切な説明をしてくれた。できるだけ、たくさん話を聞くんだ、と安斎に命じられたため、必死に頭を働かせ、質問をいくつか学芸員にぶつけた。とはいえ、限界はある。あっという間に、話題は尽き、僕はぎこちなく礼を言い、そこから足早に去った記憶がある。安斎と合流したのは、出口付近だった。

「どうだった？　絵は？」と弾む息を抑え、彼の手元を見る。巾着袋があった。

安斎の立てた作戦はこうだった。「加賀が学芸員の注意を逸《そ》らしている間に、俺が別の絵と美術館の絵を入れ替えて、持ち帰る」

◇

安斎についての思い出には、濃淡がある。四月、転校生としてクラスにやってきた時の彼は輪郭のはっきりしない影のようにしか思い出せないのだが、放課後の校庭で、「俺は、そうは思わない」と土田に言い返した安斎の表情は、くっきりと頭に残っている。

カンニング作戦の一ヶ月前くらいだっただろうか。放課後の校庭で僕たちはサッカーをした。安斎もまざっていた。

転校してきてからの安斎は、無愛想ではないものの愛想が良いとも言えず、僕たちが、「まぜて」「一緒に遊ぶ？」と訊ねれば、三回に一度くらいは参加してきたが、自分から、「まぜて」と仲間に入ってくるほど積極的でもなかった。楽しそうでも、つまらなそうでもなく、授業中の発言やテストの結果を見る限り、頭が良いのは間違いない。とはいえ、目立つわけでもなかった。

今となればそれが、「年に一度か二度の転校を余儀なくされてきた」安斎が、体験から身に付けた処世術のようなものだとは分かる。彼は、転校先の同級生たちとの距離を取るのがうまかった。

その日は、クラスの男子ばかりが六人で、校庭のまわりに張られたネットをゴールがわりにし、サッカーを楽しんだ。それなりに白熱し、いつになく僕はシュートを決めた。安斎が僕に、いいパスをたくさん出してくれたからだ、と気づくのは翌日になってからで、その時はただ、急にうまくなっちゃったな、と上機嫌だった。

「加賀ごときに入れられちゃうとはな」大きな声で、機嫌悪そうに言うのは土田だった。父親が新聞社のお偉いさんらしく、それが関係していたのか、いや、関係しているのだと僕は信じているが、彼はいつだってほかの同級生を見下ろしていた。土田の口にすることの七割は自慢話で、残りの三割は、誰かを見下し、茶化す言葉であったから、ようするに彼の発言はすべて、自分の地位を他者よりも上位に持ち上げる主張だった。土田と喋《しゃべ》ることにはそれなりに気を遣ったし、楽しい気持ちになることは少なく、おまけに、というよりも、だからこそと言うべきだろう、クラスの中で影響力を持っていた。

サッカーが一段落つき、「どうする、もう一回やる?」「帰ろうか」などと、ごにょごにょ喋っている時、校門を出て行こうとする草壁の姿が目に入った。在京のプロ野球チームのキャップを被《かぶ》っている。後に分かるが、その頃の彼の唯一の楽しみは、家で見るプロ野球中継で、本塁打やファインプレーを見ると、その恰好《かっこう》を真似《まね》していたらしかった。野球選手の活躍を無理やり自分と重ね合わせ、つまらない現実を忘れたかったのかもしれない。

「おい、臭い草壁、オカマのクサ子」土田が声を上げた。聞こえたらしく、草壁は慌てて、立ち去った。

「草壁ってオカマなのかい？」安斎が真面目な顔で、僕を見た。

改めて聞き返されると僕も戸惑うが、「昔から言われてるんだよ」と説明する。「小三の時かな。草壁がピンクの服を着てきてさ、女みたいだったから」

「ピンクだと女なんだ？」

土田が隣の同級生と顔を見合わせ、目を強張らせた。安斎が口答えしてきていると思ったからかもしれない。「だって、だいたいそうじゃないか」

「俺はそうは思わないけど」

「何だよそれ」土田が怒る。文句あるのかよ。おまえもオカマじゃねえの、と。

僕はどうしたものかとおろおろしてしまう。まさか、安斎がそれほど強く、自分の意見を押し出してくるとは思わなかった。

「だいたい、最初に先生が言ったんだよ。三年の時に久留米先生が」土田が口を尖《とが》らせる。

その時のことは僕も覚えていた。久留米は上級生の担任だったのだけれど、たまたま、全校の集まりがあった時に、薄いピンクのセーターを着ていた草壁に向かって、「おまえは女子みたいな服を着ているな」と言ったのだ。からかうのではなく、教科書を読むような言い方で、周りの同級生たちはいっせいに笑った。

「ああ」安斎はそこで事情を察したかのような声を出した。「久留米先生は、そういうところがあるよね」

「そういうところって何だよ」土田は興奮した。

「いろんなことを決めつける」安斎が言い、僕は、「え」と聞き返した。決めつける？どういう意味だろうか。僕はその先が聞きたかったが、土田がすぐに、「おまえ、何、久留米先生のこと、馬鹿にしているんだよ」とわあわあと言いはじめたことで、話は途切れた。

「いや、俺は別に、久留米先生の悪口を言いたいわけじゃないよ。ただささ」と続けた。

「ただ？」これは僕が質問した。

「ピンクの服を着たからって、女だとは思わないよ」

「ピンクは女だよ」

「それに女みたいだって、別にいいじゃないか」

「男なのに女なんて変に決まってるだろ」

「土田はそう思うんだろ。ただ、俺は、そうは思わない」と言葉を一つずつ、相手に噛んで含めるようにして、しっかりと言った。

◇

場面は変わる。自宅近くの児童公園だ。そこで安斎が話してくれた内容は、忘れられない。細かいやり取りは例によってうろ覚えだが、おおよそ次のような会話だったはずだ。

「加賀、あのさ」安斎はブランコに尻をつけ、こぎながら、言った。僕は隣のブランコの上に立ち、膝を曲げ、少しずつ揺れを強くしはじめた。「たとえば、加賀が、ドクロマークの服を着ていたとするだろ」

「え、何のこと？」僕はブランコを動かすのに力を入れはじめていたため、大事な単語を聞き間違えたのかと思った。

「ドクロの服だよ。どう思う？」

「どうって」

「それで、学校に行ったら、たとえば久留米先生とか土田が、こう言うんだ。『加賀は、ドクロの服を着て、ダサいな』って」
「そりゃあ」僕は想像する。「やだよ。恥ずかしいかも」
「だろ。そして、たぶん、クラスのみんながこう思うんだ。『あの、加賀が羽織《はお》ってい
る、ドクロのジャンパーはダサい』って。それから、『加賀はダサい奴《やつ》だ』って思う」
「まあ、そうだろうね」
「でもさ、考えてみろよ。ドクロがダサいなんて、そんなの客観的な評価じゃないんだ
よ」
「客観的って、どういうこと」
「絶対正しいこと、って意味だよ。ドクロマークを恰好いいと感じる人もいれば、ダサ
いと思う人もいるし。決められることじゃないんだ。正解なんてないんだから。一足《た》す
一が二っていうのとは全然違う」
「まあ、そうだけど」安斎が何を言いたいのか、よく分からなかった。
「俺たちは、誰かの影響を受けずにはいられないんだから、自分がどう思うかよりも、
みんながどう思うかを気にしちゃう。君は、ドクロマークがダサいと言われたら、そう
感じずにはいられないし、もう着てはこられない」
「僕は、ドクロのジャンパーを持っていないけど」
「今まであちこちの学校に通ったけどさ、どこにでもいるんだよ。『それってダサい』

とか、『これは恰好悪い』とか、決めつけて偉そうにする奴が」

「そういうものなのかな」

「で、そういう奴らに負けない方法があるんだよ」

僕はその時はすでにブランコから降り、安斎の前に立っていたのだと思う。ゲームの裏技を教えてもらうような、校長先生の物まねを伝授されるような、そういった思いがあったのかもしれない。

「『僕はそうは思わない』」

「え？」

「この台詞《せりふ》」

「それが裏技？」

「たとえばさ、加賀のお父さんが会社を首になったとするだろ」

「なってないけど」

「たとえばだよ。で、誰かに、情けない親父《おやじ》だな、と言われたとする。周りの同級生は少し笑うだろう。そこで加賀は、これだけは言い返すべきなんだよ」

「何て」

「『僕は、情けないとは、思わない』ってさ」安斎は自信に満ちた言い方をする。「落ち着いて、ゆっくりと、しっかり相手の頭に刻み込むように」

「そんなことに効果があるかなあ」

「あるよ。だって、加賀のお父さんが情けないかどうかは、人それぞれが感じることで、誰かが決められることじゃないんだ。『加賀の親父は無職だ』とは言えるけど、『情けないかどうか』は分からない。だいたい、そいつらは、加賀のお父さんのことを何も知らないんだ。だから、ちゃんと表明するんだ。僕は、そうは思わない、って。君の思うことは、他の人に決めることはできないんだから」

その時の僕は、はあ、と弱々しく相槌《あいづち》を打ったはずだ。安斎の言っていることを半分も理解できていなかった。

さらに安斎は、あの、大事な話をはじめた。

「それでね、久留米先生はその典型だよ」

「典型？」

「自分が正しいと信じている。ものごとを決めつけて、それをみんなにも押し付けようとしているんだ。わざとなのか、無意識なのか分からないけれど。それで、クラスの生徒たちはみんな、久留米先生の考えに影響を受けるし、ほら、草壁のことだって、久留米先生が、『ダサい』とラベルを貼ったことがきっかけで」

「ダサいと言ったんじゃなくて、女みたいだと言ったんだ」

「転校してきてから観察してたのだけれど、久留米先生は、草壁を見下した態度を取ることが多いよ」と安斎は続けた。たとえば、同じような問題を解いたとしても、草壁が正解した時には、「簡単すぎる問題だったかもしれないな」とコメントする。もし、優秀な佐久間が答えれば、「よく分かったな」とプラスの言葉を添える。それだけでも、本人はもとよりクラスメイトたちに、印象付けを行うことができる。草壁はいつも褒められず、佐久間や土田は褒められる。結果的に、草壁は萎縮し、周りの人間はこう思う。草壁は自分たちより下の人間で、少々、蔑《ないがし》ろにしても問題はない、と。

「それでさ、ちょうどこの間、テレビで見たんだけど」安斎が言う。

「何を？」

「何だっけな。教師、教師効果、教師期待効果だったかな」

「何だろう、それ。知らないよ」僕はすぐに、頭を左右にぶるんぶるんと振った。

「教師期待効果っていう法則っていうか、ルールっていうか、そういうのがあるんだって」

「こうか？」僕は咄嗟《とっさ》に、記念硬貨の一種ではないか、と思いそうになる。

「先生が、『この生徒は将来、優秀になりそうだぞ』と思って、接していると、実際に、優秀になるんだって」

「え、そうなの？」

「まあ絶対そうなる、ってわけじゃないけど。でも、普通の生徒が問題が解けなくても気にしないのに、優秀になるぞ、と期待している生徒が間違えたら励ますかもしれないだろ。もしかするとすごく熱心に問題を一緒に解いてくれるかもしれない。何かやり遂げるたびに、たくさん褒めるかもしれない。そうすることで、生徒は実際に、優秀になっていく」

「なるほど、ありそうだね」

「逆もあるよ。『この生徒は駄目な子だ』って思い込んで接していたら、その生徒が良いことをしても、『たまたまだな』って思うだろうし、悪いことをしたら、『やっぱりな』って感じるかもしれない。予言が当たる理屈も、これに近いんだって。それくらい先生の接し方には、影響力があるってことかも」

「病は気から、っていうのと同じかな」

安斎はブランコに座りながら腕を組み、ううん、と唸《うな》り、「ちょっと違うかも」と首を捻《ひね》る。

話の腰を折ってごめん、と僕は、その時はどういう表現を使ったのか分からぬが言って、安斎の話を促した。

「でもさ、それを考えれば、一番の敵は」

「敵？」

「敵は、先入観だよ」

「先入観？」それ自体が分からなかった。

「決めつけ、のことだよ」

「どういうこと」

「久留米先生の先入観を崩してやろうよ」

◇

「やめたほうがいいんじゃないかな」と僕は、佐久間に言った。「僕たちの作戦には加わらないほうがいいよ」と。

佐久間は、分類としては明らかに、「優等生の女子」であったし、親や教師に気に入られているのだから、ここで余計なことをして、悪印象を持たれるのは得策ではない、と拙《つたな》いながらも、力説したように思う。

「メリットがない。まったくないよ」と。

草壁も納得するように、うなずいた。

でもさ、と佐久間はそこで少し引き締まった声を出した。「わたしも、ちょっと久留米先生ってどうかと思うところがあるんだよね。生徒のことを差別するのが分かるし」

「さすが、佐久間、鋭い」安斎が手を叩《たた》いた。

あれは、確か、僕の自宅だった。

安斎の計画について、打ち合わせをするために、それは打ち合わせや作戦会議というよりは、「やるぞ」という意思を確認する、団結式に近かったのだが、草壁はもとより、佐久間も来ていた。自宅の二階、南向きのフローリングの部屋は、高校を卒業するまで僕の部屋であったが、思えば、女の子があそこに来たのは、あの小六の佐久間が唯一だったのかもしれない。母親がいつになく張り切り、そわそわとし、部屋にお菓子を持ってきたことなどが、照れ臭さとともに記憶に残っている。

どうして佐久間が協力してくれることになったのかは、はっきりと覚えていない。草壁を呼び、放課後の教室で喋っているところを見かけた彼女が、「何の話？」と首を突っ込んできたような記憶もあれば、僕たちが話をしている背後に、たまたま佐久間が立っていたことに気づいた安斎が、「君も参加しないか」と巻き込んだところを思い出すこともできる。思い出とはあやふやなものだ。ただとにかく佐久間が、「少しなら手伝いたい」と申し出てきたことは確かだった。

優等生で、教師や保護者にも信頼されている佐久間が、僕たちの作戦に手を貸しても、メリットは一つもないよ、と僕は訴えた。が、彼女は、「久留米先生って、うちのお母さんと同じで、何でも自分が正しいと思い込んでいる感じがあるから、『それは違うでしょ』っていつか言ってやりたかったの」と平気な顔で主張したのだ。

そして、僕たちは作戦会議をはじめたのだが、まずまっさきに安斎が宣言したのは、次のようなことだった。

これは草壁のためにはならない。

これは草壁のための作戦ではない。

「え」と僕は驚いた。

佐久間も同様で、「あれ、ちょっと待って、安斎君。これって、草壁君にカンニングで、いい点数を取らせようっていう作戦じゃないの」と戸惑った。

カンニングという単語が大きく響き、階下の母に聞こえるのではないか、と僕は一瞬、どきりとした。

「そういう作戦じゃないんだ」安斎は言った。

「じゃあ何？」

「草壁にいい点数を取らせて、久留米先生をびっくりさせるんだっけ」と僕が訊ねる。

「そう。だけど、ちょっと違うかも。びっくりさせたいわけじゃない」

「じゃあ、何？」草壁も言う。背はそれほど高くないものの貧弱な体型ではなかった。ただ、目が小さく、いつもおどおどとしているからか、何をするにも弱々しく見え、野球帽を取るとさらに、ぺちゃんこの髪が、その弱さを際立たせた。

「この間も言ったけど、久留米先生の問題は自分の判断が正しいと思っていること」

「自分の判断が正しいと思わなかったら、まずいんじゃないの？」

「そうだけど、決めつけてるだけの場合もあるだろ。草壁のことを大事に扱わないのは、草壁が大した生徒じゃない、と考えているからだ」

そんなことを草壁の前で言っていいものか、とその時の僕はかなり、気を揉《も》み、草壁の顔を見ずにはいられなかったのだが、当の草壁は納得した表情で、うんうん、とうなずいていた。

安斎はそこでまた、教師期待理論について話をし、「そもそも、草壁が委縮しているのは、久留米先生の接し方のせいとも言える」と言った。「教師が、この生徒は駄目だ、と思ったら、本当に駄目になることは多いんだから」

「それで？」

「このままだと、久留米先生は自分の判断が正しいかどうか、間違っていないかどうか、疑うこともなく、先生の仕事を続けていくと思うんだ」

「だろうね。うちのお母さんを見ていても思うけど、大人って、考えが変わらないもん」

「完璧な人間はいるはずないのに、自分は完璧だ、間違うわけがない、何でも知ってるぞ、と思ったら、それこそ最悪だよ。昔のソクラテスさんも言ってる」

「ソクラテス？」

たらしいんだ」

「『自分は何も知らない、ってことを知ってるだけ、自分はマシだ』って、そう言って

「自分は？　知らないことを知ってる？」安斎の言葉は、早口言葉にしか聞こえず、慌てる。

「ようするに、何でも知ってるって奴は駄目だ、ってことだよ」

「ソクラテスって、プラトンの先生だったんだっけ」佐久間が言う。

「うん、そうだよ」

「じゃあ、先生という意味では、久留米先生がソクラテスだ」

「草壁、それは違う、さっきも言ったように、ソクラテスさんは、自分が完全じゃないと知ってたんだから。久留米先生は、その反対だよ。逆」

「そうか、逆か」草壁は真面目に答えていた。

「だからさ」安斎がはっきりとした声で言う。「ここで俺たちが、久留米先生の先入観をひっくり返すんだ」

「先入観ってどういう意味？」草壁が訊ねると、安斎は、君が答えてあげなさい、と言わんばかりの目で、僕を見た。「決めつけのことだよ」と僕は、さも常識であるかのように説明した。

「いいか、ほら、もし、草壁が何か活躍をしてみたらどうなると思う？」

「僕が？」

「久留米先生は、あれ？　と感じるはずだ。みんなの前で認めたりはしないかもしれないけど、心の中では、『あれ、俺の決めつけは間違っていたのか？』って不安になる。そう思わないか」

「思う」と僕と佐久間は即答し、草壁もうなずいた。

「だとしたら、たとえば来年、久留米が別のクラスの担任になって、誰かのことを駄目な生徒だって決めつけそうになった時、ブレーキがかかるはずじゃないかな」

「ブレーキ？」

「もしかして、自分の判断は間違っているかもしれないぞ。って」

「草壁は予想に反して、活躍したしな、って？」佐久間は察しが良かった。

「そう。だから、これは、草壁のためになるわけじゃない。だいたいカンニングをして、いい点数を取ったところで、実際の学力が上がるわけではないし、草壁にとって良いとは言えないだろ。ただ、これから久留米先生に教わる子供たちのためにはなる。生徒に対して先入観を持つのに慎重になるかもしれないんだから」

「なるほどね」佐久間が納得したように言い、それから僕の母が先ほど持ってきた煎餅《せんべい》を齧《かじ》った。自分の家で女の子が、食べ物を食べていることが妙に新鮮で、小さく興奮した。ぽろぽろと口から、食べかすが落ちたのを目で追ってしまう。

「そうか、僕のためじゃなくて」草壁の声がそこで、少し強くなった。「これからの生徒のために、なんだね」

「そうだよ。草壁には申し訳ないけど」

「いや、僕もそのほうがいい」

それは、はじめて草壁が僕たちに心を開いてくれた瞬間だった。

仮にあれが、沈んだ学校生活を送っている草壁のために、いい思い出を残してあげたい、という憐《あわ》れみにも似た動機から発生した計画であったら、たぶん草壁は参加してこなかっただろう。仮に参加したとしても、それは僕たちのやる気に反対できないがために、渋々、協力するようなものだったはずだ。が、安斎の目的は、草壁を救うことではなかった。未来の後輩たちのためだ。草壁は、自分も救う側の人間になれるからこそ、乗り気になったのではないか。

佐久間は、コーラの入ったグラスを手に取ると、「こういう時じゃないと、飲めないから、嬉《うれ》しいな」とぼそりと言う。

「家では飲まないんだ？」

「お母さん、健康主義だから」と言った後で、佐久間はコーラに口をつけた。

そして横では、草壁が大きく開いた袋に手を入れ、一摘《ひとつま》みスナック菓子を食べた。見ていると、「うまい」と囁き、すぐにまた手を入れていた。

「草壁の家も健康主義？」と何とはなしに訊ねると、彼は唇を歪《ゆが》め、「倹約主義」と言葉を選びながら、言った。それから、息を吐くと開き直るかのように、「借金主義」と笑った。


「それで、安斎君はどこまで計画を考えているの」小六の僕の自宅で、佐久間は確か言った。「カンニングで百点を取らせて、先生を驚かせるだけなの？」

「いや、それだけじゃあ、久留米先生もそんなに気にしないし、逆に、単に草壁がまぐれを起こしただけだって思われておしまいかもしれない。もう一つ、続けないと」

「もう一つ？　何かアイディアがあるの」

「今、考えてるのは」

「何？」

「ほら、先入観っていうのはさ、答えがはっきり出ないものに、大きな影響を与えると思うんだ。数字で結果が出ないもの。逆に言えば、俺たちが仕掛けやすいのも、そういう曖昧なところなんだ」

「曖昧な？」

「たとえば」安斎がそこで麦茶を飲む。「絵だよ。絵の評価は、数字じゃ分からないだろ」

◇

草壁が算数のテストで満点に近い点数を取った。その結果、久留米がどういう反応をしたのか、実はよく覚えていない。いや、覚えている部分もあるが、快哉を叫びたくなるような、こちらが期待する反応はなかった。

先生は生徒の名前を呼び、前に出てきたところに答案用紙を返していく。「頑張ったな」であるとか、「惜しかったな」であるとか、そう呼びかける教師もいたが、久留米はほとんど何も言わなかった。会社員になった後で、コピー機のソート機能を眺め、何か子供の頃に見たことがあるな、と感じたが、あれは久留米の答案返却の様子と同じだったのだ。

その時も、「草壁」と興味もなさそうに呼んだ。僕や安斎は不自然さを悟られぬように、あえて、気にかけないふりをし、草壁を見なかった。

そして放課後になり、僕たちは草壁を公園に連れて行き、「久留米の反応はどうだった？」と訊ねた。

「何も」と草壁はかぶりを振るだけだった。

「何も声をかけてこなかった？」

「何も」

「でも」佐久間がそこで言った。ブランコを囲む柵に腰を下ろす彼女に、僕は体の中がそわそわする感覚になった。「でもさ、わたしが見たところだと、久留米先生、草壁君の反応をすごく気にしていたよ」

「え」

「疑っているのか、驚いているのか、分からなかったけど、ほら、前に教室に蜂が入ってきたことがあったでしょ。あの時、久留米先生が外に追い出そうとしていたんだけど、あの時の顔に似てた」

よく分からない説明だと、僕以外の二人ともが思ったのではないだろうか。

「それは、草壁のことを、蜂みたいに、怖がっていたということかい」安斎が言う。

「恐れていたわけ？」

「そういう感じでもないんだけど、こう、しっかり観察して、どうしようかって考えてるような顔」

「なるほど」安斎は満足げに顎《あご》を引いた。「もし、そうなら、作戦は成功だ。先入観が崩れて、動揺していたんだ。畳み掛けないと」

「そうかなあ」草壁はどこか自信がなさそうだった。

「でも、安斎君と草壁君の答案用紙が同じだったら、久留米先生も怪しんだんじゃないの」

「それは大丈夫」安斎は少し、前後に揺れていた。ブランコに乗っていたかもしれない。

「俺のほうはわざと間違えてるから。草壁は九十八点、俺は七十五点。疑わないよ。佐久間は何点だった？」

「わたしは百点」

さすが、と僕は反射的に感心の声を発したが、お嬢様のご機嫌を窺《うかが》うようで、恥ずかしかった。

「よし、じゃあ、次の作戦だ」安斎が言った。

「この間言ってた、絵画作戦だね」佐久間が身を乗り出す。「わたしは、お母さんに言えばいいんでしょ。去年と同じように、デッサンコンテストをやってほしいな、って」

「そうだね。佐久間のお母さんが、久留米先生にそれとなく言ってくれれば、今年もやることになるかもしれない」

デッサンコンテストとは、生徒がそれぞれ、家の中にあるものや外の景色を、鉛筆や木炭などでデッサンし、学校に持ち寄り、簡単な品評会をするといったイベントだった。久留米には、出来の良い作品があったならば、自治体のコンクールに応募しようという狙いもあるらしかったが、実際、父兄からは好評だったらしく、他のクラスでも行われはじめていた。

「ああ、でもさ、草壁君って絵、上手くなかったっけ」佐久間がそこで思い出したのか、声を大きくした。「五年の最初の頃に、教科書に車の絵、描いてたでしょ。あれ、可愛《かわい》くて、上手かったよね」

思わぬ指摘を受け、草壁は硬直した。顔を赤くし、動かない。草壁が固まった、と僕は指差し、安斎も表情を緩めた。

「あの絵、久留米先生に、『消せ』って怒られたんだ」やがて、草壁がぼそりと言った。「教科書に、下手《へた》な絵を描くものじゃない、って」

僕は、安斎を見る。

「そう言われて、草壁はどう思った?」

「まあ、僕の絵は下手だな、って」

「だろ。でも、そんなの久留米先生の感想に過ぎないんだ」安斎は目を光らせ、例の台詞、「僕はそうは思わない」について、そこでもまた演説をぶった。「だからさ、次、同じようなことがあったら、消しゴムで消しながら、絶対に言うべきだよ。『僕は、下手な絵だとは思わない』って。もし、口に出せなくても、心では、そう念じたほうがいい」

「心で思うだけでも?」

「そう。それが大事だよ。絶対に受け入れたら駄目だ」

◇

安斎の考える、「絵画作戦」について僕は、美術館に下見に行った帰り道で、最初に聞いた。以下のような内容だった。

生徒のデッサンを集めた久留米は、教室の壁にその作品を貼るだろう。五年生の時と同じやり方であるなら、そうだ。そして、全員にプリントを配り、一番良かったと思う作品の番号とその感想を記入させ、発表させる。

「だから今回は」安斎は説明した。

「今回は?」

「草壁の絵として、別の絵を提出してみるんだ」

「別の絵?」

「ほら、美術館に飾ってあった、地元出身の画家の絵だよ」

聞いた僕は度肝を抜かれた。というよりも、唖然《あぜん》とし、「え?」と間の抜けた声で訊き返した。「ちょっと待って。ということは、あのさっきの絵をもらってくるのかい」

「もらう、というか、借りてくるだけだよ」安斎はあっさりと言う。

「借りる、って美術館って、絵を貸してくれるの?」

「まさか」安斎は即答だった。「レンタル屋じゃないんだから。こっそり借りるしかないよ」

「どうやって！」

すると安斎は、別の絵と入れ替えるプランについて話し、僕をまた呆然《ぼうぜん》とさせた。雑貨屋とかで、安い絵を買ってくるから、それと交換するんだ、と。

「とにかく、あの画家の絵を、草壁のものとして提出する」

「どうなるわけ」

「俺や加賀が、そのコンテストの時に草壁の絵のことを褒めるんだ。『僕は、あの絵が良いと思いました』とか言って。そうするときっと、久留米先生は難癖をつけてくるよ」

「その絵に対して？」

「うん」安斎は強くうなずいた。「有名な画家の作品だと分かっていなければ、そして草壁が描いたものだと思い込んでいたら、きっと、駄目な絵だと決めつける。『漫画みたいだな』とか小馬鹿にするはずだ」

「そうかなあ」僕は素直にはうなずけなかった。「さすがに気づくよ」

「人間の先入観っていうのは侮れないんだよ。人は、自分の判断を正しい、と信じたいみたいだし」

「どういうこと？」

「久留米先生は、草壁を駄目な生徒だ、って判定しているだろ。そうすると、その後も、草壁の失敗したところばかりを見て、『やっぱり草壁は駄目だったんだ』って思うんだってさ。自分の判定とか決断に都合が良いものしか、受け付けなくなっちゃうんだ。それに、特に、絵の良し悪しなんて前にも言ったけど、曖昧だからね。判断する人の気持ち次第で、良いようにも悪いようにも見える。加賀だって、さっきの絵、有名画家の作品だって言われなかったら、落書きだと思っただろ。これなら自分でも描けそうだ、と言ったじゃないか」

「そうだけど」僕は言い淀《よど》む。「それで、じゃあ、もし安斎の言う通りに、久留米先生が、その絵を駄目だと言ったら、その後はどうするつもりなんだ」

安斎は唇を緩めた。ただの笑顔というよりは、体に隠れていた悪戯《いたずら》の虫がじわりと姿を出したかのようだ。「そうしたら俺が、どこかのタイミングで言うよ。『あ、先生、今気づいたんですけれど、その絵、草壁が描いたものとは違うかも！』って」

「え」

「美術館の絵じゃないですか？　って教えてあげるんだ。たぶん、久留米先生、焦るよ。だって、有名画家の絵を、貶《けな》したことになるんだから」

僕はうまく理解はできなかったが、それが安斎の言うところの、「先入観をひっくり返す作戦」であるのは何となく分かり、だから、「なるほど」と受け入れるような声を返した。

「きっとそれなりに取り繕うとは思うけれど、でも、久留米先生も自分の判定に自信を持てなくなるのは間違いない」

「そうすると久留米先生はこれから、生徒のことを決めつけなくなる。そういうこと？」

「そうだよ。自分の先入観がいかに、あやふやなものか思い知らせてやるんだ。うまくいけば、久留米先生もソクラテスみたいな考えに辿《たど》り着くかもしれない」

冷静に考えてみれば、この作戦はかなり、無茶だった。何しろ、久留米の先入観をひっくり返し、つまり、「有名画家の絵を、草壁の絵だと思わせる」ことが仮に成功したとしても、その後で、「どうしてその絵が、ここにあるのか」と問われた時の説明についてはまったく考えていなかったのだ。なぜ、草壁がその美術館の絵を提出したのか。なぜ、紛れ込んだのか。なぜ、草壁はすぐに言いださなかったのか。結果的に、草壁の立場が悪くなる可能性も高い。

が、安斎はそのことを特に重要視していなかった。「美術館から絵を持ち出すことに成功すれば、あとはどうにでもなる」といった力強い希望を抱いている節もあり、僕もそれを信じていた。

だから、僕たちは再び、美術館を訪れ、作戦を決行した。

僕は、安斎の指示通りに、学芸員の注意を惹《ひ》く役割をこなした。

そしてどうなったか。

結論から言えば、安斎は絵画の入れ替えを行わなかった。

学芸員の話を聞き、緊張感で朦朧《もうろう》とした思いで、雲の上を歩くような心地で出口へ向かい、そこにいた安斎に、「どうだった？　絵は？」と訊ねると、彼がかぶりを振った。

「駄目だ」

「駄目？　絵を入れ替えなかったの」

安斎がうなずく。

「どうして」

「サインだよ」彼のその悔しそうな顔は忘れられない。

「サイン？」

「あんなに小さなデッサンにも、画家のサインがあるんだな。今、見たら、下に描いてあってさ」

絵画には画家のサインが入るものだと、僕は知らなかったため、ぴんと来なかったのだが、安斎は、「さすがにサインが入っていたら、久留米先生も気づいちゃうもんな」とすっかり諦めていた。

デッサン作戦はそこで頓挫《とんざ》した。

◇

安斎は一度の失敗にめげる性格ではなかった。終わったことをくよくよと悩むことなく、「じゃあ次にいこう」と言い出すタイプだった。

それなら、と僕は提案した。放課後、僕の近所の公園での会話だったに違いない。

「それなら今度は授業中に、草壁が難しい問題を解いて、久留米先生を驚かせるのはどうだろう」

「そうじゃなかったら」佐久間はその時、丈の長いコートを着ていた記憶がある。変哲のない、紺のコートだったかもしれないが、その時は、大人びたものに見えた。「そうじゃなかったら、英語の歌を覚えて、すらすら歌ってみせたりとか？」

安斎は腕を組んだまま、「ううん」と唸り、「いや、それはちょっと、カンニング作戦と同じパターンな気がするし、続けるとばれるかもしれない」と難しい顔をした。

「安斎君はこだわりがあるねえ」佐久間が感心と呆《あき》れのまじった声で言う。

「こだわりというか、効果を考えているだけなんだけどさ」

妙案も浮かばず、ブランコの周囲でぼんやり立っていた。季節がらずいぶん寒かったが、クラスのほかの生徒たちには秘密で話し合いをするのには高揚感があり、さらにいえば、クラスの誰もが憧れる佐久間が一緒にいることの喜びもあったため、愉《たの》しい時間以外の何物でもなかった。同じことを感じていたのか、草壁がそこでぼそりと、「でも、見られたらまずいよね」と洩らした。

「見られたら？」安斎が聞き返す。

「今、ここを、たとえば土田君とかに見られたら」

「大丈夫だろ。土田が、今のこの俺たちを見たって、公園で遊んでいるとしか思わないはずだ」安斎が言うと、草壁が首を横に振った。「そうじゃなくて、ほら、佐久間さんが一緒にいるから」

「え？」佐久間が自分自身を指差し、「まずかった？」と言う。

「そうじゃなくて、ほら、佐久間さんと一緒にいると、みんな羨ましがるよ」草壁はたどたどしくではあったが、そう言い、僕も、「ああ、それはあるね」と同意した。

「そうなの？」佐久間が言い、安斎を見る。

安斎は思案する面持ちで黙っていた。そして、ほどなく、「それか？」と自問する声を上げ、「それだな」とうなずいた。

「それって？」

「それだ。その作戦だよ」安斎は少し視線を上にやる。頭の中で考えを整理させているかのようでもあった。「佐久間は俗に言う、優等生だ」

俗に言う、という言葉が僕には新鮮だった。「族に言う」であるとか、「賊に言う」であるとか、そういったイメージを抱いた。

「優等生、ってあんまり、言われても嬉しくないのが不思議だよね」佐久間はむっとはしなかったが、不本意そうだった。

「まあね。でも、実際そうだよ。久留米先生だけじゃなくて、ほかの先生も、それに土田もみんな、佐久間には一目置いてる」

「一目置いてる？」草壁が意味を訊ねたが、安斎は答えなかった。

そしてそこでタイミング良く、電話が鳴ったのだ。僕はすぐに佐久間を見た。クラスでも携帯電話を持っていたのは限られており、佐久間はその一人だったからだ。佐久間はコートから携帯電話を取り出し、その慣れた動作にやはり僕は、自分との成熟度の差を感じずにはいられなかったが、彼女はすぐに、「うん、分かった」と電話に応じ、切った後で、「お母さんから」と口にした。

「寄り道しないで帰ってきなさい、って？」僕は、電話の内容を想像する。

「まあ、そうだね。何か、不審者が隣の学区で出たみたいで」

「え」草壁が顔を青くした。

「そういうのって、しょっちゅうだよ。一斉メールとかで、そういう情報、保護者に送られるみたいだけど、しょっちゅう、いろいろ出てくるんだから。多いんだよね、変質者って。うちのお母さん、いちいち気にして、連絡してくるけど」

「そりゃあ、心配なんだろうね」僕は言った。自分の母親は時折、気にかけている程度だが、これが男ではなく女であったら、もっと神経質だったのではなかろうか。

「でもまあ、一度も遭遇したことないけどね、不審者に」

「それは何より」安斎は答えてから、また言葉を止め、そして、「よし、それだな」と言った。

「それだな?」

「作戦を考えた。噂《うわさ》作戦だ」安斎は興奮を少し浮かべながら、説明をはじめ、僕たちはきょとんとし、顔を見合わせる。佐久間の瞳がひどく間近にあり、どぎまぎとした。

◇

朝、学校に到着すると、吹奏楽の練習が終わったところらしく、廊下で隣のクラスの女子と会った。彼女は、僕の家と同じ街区に住んでおり、幼稚園も一緒だった。今となっては名前もうろ覚えだが、その時、彼女が、「ねえ、加賀君、昨日の話、聞いた?」と声をかけてきた。

ランドセルを背負ったまま、僕が、「え?」と言うと、「昨日、佐久間さん、不審者に襲われそうになったんだってよ」と声を落とした。

「佐久間が？」

「それがほら、加賀君とかうちの近くのほうで。佐久間さん、あの酒屋の裏側、いつも塾に行くのに、自転車で通るんだって」

「へえ」僕は平静を装う。

「で、突然、出てきた男の人がわざと自転車にぶつかってきて。それで、佐久間さん、転んじゃって、大変だったんだって」

教室に入ってからも同様の話が、あちらこちらで交わされていた。男は特別、乱暴を働くような素振りは見せなかったが、明らかに挙動不審な様子で、つまりは露出狂ならではの動きで、佐久間に近づいたようだ、と。

「なあ、加賀、知ってるか」授業が始まる直前、土田も、僕に言ってきた。「でも、どうやらそこで誰かが助けに来たらしいぜ」

「へえ、誰なんだろう」

安斎と佐久間がどういった経路を狙い、噂を流したのかは定かではなかったが、僕が思い描いていた以上の速さで、噂が校内に広まっていた。おそらく、佐久間の母親も噂を広める役割を担わされたはずだ。

チャイムが鳴り、久留米が現れ、教壇に立った。分かりやすい恐怖政治が敷かれていたわけではなかったが、六年のそのクラスは、担任の久留米の登場とともに、静まり、生徒たちが着席する。

「もう、みんな聞いているかもしれないが」久留米はすぐに言った。「昨日、不審者が出た。うちのクラスの佐久間が目撃した」

誰が不審者に遭ったか、など、その名前を公表するのは適切ではないようにも感じるが、あれはもしかすると、佐久間自身が、母親経由で学校にそれとなく、提案したためかもしれない。「不審者に遭って、何かされたのではないか」という疑惑を打ち消すためにも、「遭遇したが、無事だった」と教師の口から全員に、公式発表としてアナウンスしてもらったほうがいい。佐久間は、そう母親に言い、結果的に、久留米も同意したのではないだろうか。もちろん、佐久間の本来の目的は、クラスで自分の話題を取り上げてもらうことにあった。

「佐久間、怪我《けが》はなかったのか」久留米が言うと、全員の視線が、佐久間に向いた。

彼女ははきはきとしており、座ったままではあったが、「大丈夫でした。びっくりしたけど」と自然に答えた。

「誰が助けてくれたんだよ」と土田がそこで声を上げた。本来であれば、安斎が呼びかけるはずであったが、その手間が省けた恰好だった。

それは何の話だ、と久留米は訊ねなかった。すでにその噂も耳に入っていたのだろう。

すると佐久間が教室の真ん中あたりに体を傾けた。「ええと」と少し言い淀んだ。「ええと」ともう一度、同じ言葉を繰り返した。「誰かは言えないんですけど、ちょうど通りかかったみたいで、『何するんだよ』ってびしっと言ってくれて」

へえ何だかすごいね、勇気ある人がいて良かったね、と佐久間の周りの女子たちがざわついた。

「で、ばんと相手を殴る感じで、追い払ってくれたんで、助かりました」

「ほう。それはまた、白馬の王子だな」と久留米は気が利いているのかいないのか分からぬコメントを発し、クラスが湧いた。

「ああ、そうかもしれませんね。意外でしたけど」佐久間はそう答えた。派手な反応ではなく、地味で何気ない態度であったが、あれは名演技と言えよう。意味ありげに、語尾を濁すようにし、視線をさっとまたクラスの中央に向けた。当然ながら、久留米をはじめ、クラスの生徒たちもその目の先に何か意味があるのではないか、と注意を傾けることになり、そしてその先には、少し身を屈めるようにして、ちょこんと椅子に座る草壁がいたのだ。

草壁がどうかしたのか？　と誰もが思ったはずだ。

当の草壁は、安斎から事前に出された指導に従い、教科書を大きく開き、あたかも、「無関係を装いたい」と思っているかの如《ごと》く、顔を隠す姿勢だった。そしてその右手の拳部分には、これ見よがしに、包帯が巻かれている。

僕は笑いをこらえるのに必死だった。

その前日、公園で、安斎が説明した、「噂作戦」とはこうだった。「敵の敵は味方、というだろ。その反対に、『自分の好きな人が好きなものは、自分も好きになる』という法則があるんだよ」

「意味が分からないよ」

「簡単に言えば、こうだよ。土田も久留米先生も、佐久間を評価しているだろ。で、そこで、佐久間が草壁を評価してみろよ。どうなる」

「土田と久留米先生が、草壁を好きになるってこと？」僕は訝《いぶか》りながら言った。

「好きになるかどうかは分からないけどな。ちょっと、見直す可能性はあるってわけだよ。佐久間を変質者から守った、なんて噂が流れてみろよ、ちょっとは、草壁を見る目が変わる」

そんなにうまくいくかなあ、と僕は半信半疑であったが、実際、クラス内に妙な戸惑いが広がったのは事実だ。

佐久間の思わせぶりなコメント、そして彼女の視線の先に座る草壁、さらには、草壁の拳の包帯、それらが第三者の想像を刺激した。「まさかね」「もしや」という思いを少なからぬ生徒たちが抱いた可能性は高かった。久留米もそうだったかもしれない。

「噂作戦は成功だ」

その日の放課後、安斎は宣言した。目に見える形で、何かが変わった気配はなかったが、クラスの中に、「草壁を見直す」引っ掛かりを作ったのは、間違いがないように思えた。

ただ、僕からすれば、佐久間を助けたのが草壁であることなどリアリティが感じられない上に、「拳に包帯」の演出は、コントと言ってもいいほどの、あからさまな作為を感じずにはいられないのだから、どうしてみんなが、これが悪戯だと気づかぬのか、笑いださぬのか、それが不思議でならなかった。

「からくりを加賀が全部知っているから、そう思うだけだ」安斎は言った。「そうじゃない生徒にとっては、久留米先生にとっても、佐久間が嘘《うそ》までついて、草壁の評価を上げるなんて思いもしないだろ。理由がないし、目的も分からない。これが、もっと分かりやすいドッキリならまだしも、こんなまどろこしいのは、『変だな』とは思っても、仕掛けまで分からないよ」

はあ、そういうものかな、と僕は返事をした。

あの時の草壁は、この包帯をいつまでしていればいいかな、とずっと気にかけていた。

◇

「プロ野球選手が来てくれることになった」学校でその発表があったのは、絵画作戦が失敗に終わり、噂作戦が成功したすぐ後だった。記憶が正しければ、そのはずだ。

プロ野球はペナントレースを終え、ストーブリーグに入っていた。

選手名が告げられると、クラス中がざわついた。野球のことをほとんど知らない僕は、思わず隣の草壁に、「その選手、有名なの？」と訊ねたが、彼は、「すごいよ。打点王」と目を輝かせているため、自分が恥ずかしくなった。

打点王氏はそのシーズン、チームの主軸として活躍をし、充実した野球生活を送っていたため、心に余裕もあったのだろうか、自ら執筆した子供向けの絵本を出版したばかりだった。その、プロモーションのため全国各地を回り、学校に絵本を寄贈し、野球教室を行っているところだったのだ。

僕たちの小学校は、籤《くじ》によるものなのか、立地条件によるものなのか、それとも新聞社の上役である土田の父親の力によるものなのか、理由は判然としないが、その対象校に選ばれた。

野球に詳しくない僕ですら、一流の野球選手が体育館に現れた当日は高揚した。講演も楽しかった。小学生にも分かるレベルの、子供時代、授業中に眠らぬように工夫した話であるとか、少年野球で初めて試合に出た時に緊張のあまり三塁に向かって走った話であるとか、教訓めいたものよりもただの思い出話に終始していたからかもしれない。

唯一、残念であったのは天気が悪く、予定されていた野球教室が中止になったことだ。打点王氏もそのことは気にし、話の最後には、「本当は今日、晴れていれば外で野球教室をやる予定だったんだけれど、残念です」と言ったが、すると生徒たちが露骨に、不満と残念さを口々に洩らしはじめた。いつもは自己主張をしない草壁ですら、ぶうぶう、と文句を垂れるほどだった。

校長先生や教師たちが、静かにするように、と声を張り上げるまで、ブーイングは続き、打点王氏は、「あ、でも、明日は晴れるのかな？　午前中、もし晴れていたら、明日来ますよ」と急に提案をした。

生徒たちから拍手が湧く。草壁も驚くほど快活に、手を叩いた。僕はといえば、「明日も雨だったら、どうするつもりなんだろう」と余計なことが気にかかっていたのだが、安斎はさらに、まったく別のことを考えていた。

「よし、これだ」と言った。「あの選手にお願いしてみよう」と。

「お願い？　どういうこと」

「次の作戦だよ」

おたおたとする僕のことも気にせず、安斎は思うがままに行動に移した。

講演が終わると、校長室から出てくる打点王氏を待ち構え、後を追ったのだ。校門でタクシーに乗り込まれた時には、もう、選手には追いつけないな、と諦めかけたのだが、安斎が、「赤信号で停まったぞ！」と雨の中に駆け出したため、慌てて続いた。

水たまりを踏みつけ、車道に出て、タクシーに駆け寄ると、後部座席の窓に向かい、選手の名前を呼んだ。窓を叩くのはさすがにやり過ぎに思えたから、手を振った。雨で髪をびしょびしょにしながら、「○○さん！　○○さん！」と二人で、必死に声をかけた。自分がその選手の熱烈なファンであったと錯覚するほどだった。諦めかける直前、ドアが開いた。中から、「どうしたんだい。とにかく乗りなよ」と打点王氏から言われた時には、感激のあまり、涙ぐんだ。

「いったい、どうしたんだい」打点王氏は一人だった。球団関係者なのか、もしくは絵本の出版社なのか、学校で同行していた男性がいたはずだが、タクシーには乗らなかったらしい。僕たちは、選手の横から後部座席にぐいぐいと中に入った。閉めるよ、とタクシー運転手の無愛想な声がすると同時に、車が発進した。

「こんな風にやってこなくても、君たちの学校には、明日また行くよ。晴れたら、野球教室を」

テレビでしか見たことがないプロ野球選手は、目の前にすると体が大きく、僕たちは圧倒された。プロのスラッガーとはこれほどの貫禄《かんろく》に満ちているのか、と眩《まぶ》しさを覚えた。

「それなんです」安斎は強い声で訴えた。「その野球教室でお願いがあって」

安斎が考え出したのは、失敗した絵画作戦よりもさらに大それた計画だった。プロ野球選手を巻き込もうというのだ。

「同級生のことを褒めてもらいたいんです」安斎は単刀直入に言い、そこに至り僕も、彼の閃《ひらめ》いた計画について想像することができた。

「褒める？」

「明日、野球教室をやる時、うちのクラスに草壁って男子がいるんだけど、彼のスウィングを見たら、『素質がある』って褒めてあげてほしいんです」

「それは」選手は言いながら、頭を整理している様子だった。「その草壁君のために？」

「そう思ってもらって、構いません」安斎は曖昧に答えた。厳密に言えば、草壁のためではないからだろう。

翌日の野球教室のことを思い浮かべる。草壁がバットを振り、久留米先生が、「上手ではないな」と感じる。「やはり、草壁は何をやっても駄目だな」と再確認する。もしかすると実際に口に出し、「草壁のフォームは駄目だ」と言う可能性もある。そこで選手がやってきて、コメントをする。「君はなかなか素質があるよ」と。

すると、どうなるか。先入観がひっくり返る。

安斎の目論《もくろ》みはそれだろう。

「その、誰君だっけ」

「草壁です」

「草壁君は、野球をやっているの？」

僕と安斎は顔を見合わせた。「野球は好きみたいだけど」一緒に野球をしたこともなかった。「どうなんだろう」

「草壁を今、連れてくれば良かったな」

「でも、とにかく、草壁を褒めてあげてほしいんです」安斎は言った。雨で濡《ぬ》れたランドセルを背負ったままの僕たちは、車内をずいぶん狭くしていたが、選手は嫌な顔もせず、ただ、少し苦笑した。「もちろん、褒めてあげることはできるけど」

「できるけど？」

「嘘はつけないから。素質があるとかそんなに大きなことは言えないよ」

「素質があるかなんて、誰にも分からないと思いませんか」安斎は粘り強かった。「だったら、嘘とは限らないですよ」

選手は困惑を浮かべた。それは、小学生相手に厳しい現実を教えることをためらっていたのだろう。「俺もプロだから、少しは分かるつもりだよ。素質や才能は一目瞭然だ」

「じゃあ、少し褒めるだけでも」安斎はさらに食い下がり、そうだねそれはもちろん吝《やぶさ》かではないよ、という言質を取り、ようやく少し安堵した。

それから僕たちは、安斎の家の近くでタクシーから降りた。選手は、「じゃあ、また明日」と優しい声をかけてくれた。

タクシーが去った後、僕たちは家に向かった。安斎の住むアパートの前を通ったのは、その時が最初で最後だった。「じゃあ、うち、ここだから」と二階へ階段を昇って行く安斎を、僕は特に意味もなく、ぼうっと見送った。お世辞にも立派とは言い難く、むしろ、ここで親子が暮らせるのだろうかと思えるほどの小さな部屋に見えた。玄関には補強のためなのか、ガムテープが貼られ、錆《さ》びた自転車が、餓死寸前の驢馬《ろば》のように横たわっている。鍵を開け、中に入っていく安斎の背中がとても小さいものに見えた。体の皮膚や肉が剝がれ、心だけが晒《さら》され、乱暴に弾《はじ》かれる弦のように風に震わされる。そう感じるほど、物寂しく、心細い思いに駆られた。

◇

野球教室の日は晴れた。「日ごろの行いが良かったから」と校長先生は典型的な言い回しを口にし、「どうして大人はよくそう言いたがるのかな」と疑問に感じたが、とにかく、前日とは打って変わり、快晴だった。

午前中の二時間、希望する生徒はバットを持ち、校庭に出て、選手の指示通りに素振りの練習をした。

担任教師たちのいく人かは腕に覚えがあるのか、生徒たちにまじりバットを振った。久留米もその一人で、いつも真面目な顔でチョークを使っているだけであるし、体育の授業でも笛を吹く程度であったから、運動が得意な印象はなかったのだが、学生時代は野球部で鳴らしていたというのも嘘ではなかったらしく、美しい姿勢で素振りを披露した。

「久留米先生、恰好いい」と女子生徒から声が上がり、僕と安斎は顔を見合わせ、なぜか面白くない気持ちになった。

安斎も、僕と似たり寄ったりの、情けないスウィングをしていたが、途中で、「加賀、校庭でみんなでバットを振っているのは何だか変だよな」と言った。

「新しい組体操みたいだ」

「みんなで振り回して、電気でも起こしている感じにも見える」

打点王氏は真面目な人だったのだろう、形式的にふらふらと歩き回り指導のふりをするのではなく、一人一人のフォームを見ては、肘や膝を触り、丁寧にアドバイスをした。

僕たちのいるあたりには、一時間もしてからやっと来た。

打点王氏は、僕と安斎に気づくと顔を少しひくつかせた。前日、タクシーに乗り込んできた二人だと分かったのだ。「昨日はどうも」と挨拶する様子で、笑みも浮かべた。「どれ、振ってごらん」と声をかけてくる。

　僕は、うん、とうなずき、バットを構えたが、「うん、じゃなくて、はい、だろ」と横から指摘された。見れば久留米が立っていた。スポーツウェア姿も様になり、打点王氏の隣に立つと、コーチのように見える。

「はい」僕は慌てて、言い直す。ろくな素振りはできなかったが、打点王氏は笑うこともなく、「もう少し、顎を引いてごらん」とアドバイスをしてくれた。「体の真ん中に芯があるのを意識して」

　はい、と答えてバットを振ると、僕自身は変化が分からぬものの、「うん、そうそう」と褒められる。安斎も、僕と似たような扱いを受けた。

　そして、だ。安斎がいよいよ、本来の目的に向かい、一歩踏み出す。「久留米先生、草壁のフォーム、どうですか」と投げかけたのだ。

　久留米は不意に言われたため、小さく驚き、同時に、草壁がどうかしたのか、と醒《さ》めた表情も浮かべた。草壁という生徒がいること自体、忘れている気配すらあった。

　草壁は、僕たちのいる場所から少し離れたところにいたが、打点王氏が近づいていくと、緊張のせいなのか、顔を真っ赤にした。

「やってごらん」打点王氏が声をかける。

草壁はうなずいた。

「うなずくだけじゃなくて、返事をきちんとしなさい」久留米がすかさず、注意をした。

草壁はびくっと背筋を伸ばし、「はい」と声を震わせた。

あたふたしながら、バットを一振りする。僕から見ても、不恰好で、バランスが悪かった。腕だけで振っているため、どこか弱々しかった。

「草壁、女子じゃないんだから、何だそのフォームは」久留米の声は大きくはないのだが、低く、あたりによく聞こえる。近くにいた生徒が、「草壁、女子みたいだって」と言い、土田か誰かが、「オカマの草壁」と囃《はや》した。安斎が舌打ちをするのが聞こえた。

久留米が意図的に言ったとは思わぬが、確かに、そういった発言により、他の生徒たちが、「草壁のことを下位に扱っても良し」と決めている節はある。

安斎は縋《すが》るような目で、打点王氏を見上げた。「草壁はどうですか?」と、草壁の名前をはっきりと発音し、昨日の依頼を想起させるように、言った。

打点王氏は眉を少し下げ、口元を歪めた。このスウィングを褒めるのは至難のわざ、と思ったのかもしれない。

「よし、じゃあ草壁、もう一回、やってみなさい」久留米が言ったが、そこで、安斎が、「先生、黙ってて」と言い放った。

久留米は、自分に反発するような声を投げかけた安斎に、目をやった。自分に向けられた槍《やり》の切っ先の形を、じっと確認するかのようではあった。むっとしているかどうかも分からない。

「先生がそういうことを言うと、草壁は緊張しちゃうから」安斎の目には力がこもり、声も裏返っていた。

「こんなことで緊張して、どうするんだ。緊張も何も」

「先生」あの時の安斎はよく臆せず、喋り続けられたものだ。つくづく感心する。「草壁が何をやっても駄目みたいな言い方はやめてください」

「安斎、何を言ってるんだ」

「子供たち全員に期待してください、とは思わないですけど、駄目だと決めつけられるのはきついです」

安斎は、ここが勝負の場だと覚悟を決めていたのかもしれない。立ち向かうと肚《はら》を決めたのが分かり、僕は気が気ではなかった。

打点王氏のほうはといえば、大らかなのか、鈍感なのか、安斎と久留米との間で起きる火花を気に掛けることもなく、草壁のそばに歩み寄ると、「もう一回振ってみようか」と言った。

はい、と草壁は顎を引くと、すっと構えた。先ほどよりは強張りはなく、脚の開き方も良かった。

先入観を、と僕は念じていた。そのバットで、吹き飛ばしてほしい、と。

もちろん草壁が、プロ顔負けの美しいスウィングを披露し、その場にいる誰もが呆気《あっけ》に取られ、草壁がいちやく学校の人気者になる、といった劇的な出来事が起こると期待していたわけではなかった。むろん、そのようなことは起きなかった。草壁の一振りは、先ほどの腰砕けのものに比べればはるかに良くなっていたが、目を瞠《みは》るほどではなかった。

安斎を見ると、彼はまた、打点王氏を見上げていた。

腕を組んでいた打点王氏は、草壁を見つめ、「もう一回やってみよう」と言う。

こくりとうなずいた草壁がまた、バットを回転させる。弱いながらに、風の音がした。

「君は、野球が好きなの？」打点王氏が訊ねると、草壁はまた首だけで答えかけたが、すぐに、「はい」と言葉を足した。

「よく練習するのかな」

「テレビの試合を見て、部屋の中だけど、時々」とぼそぼそと言った。「ちゃんとは、やったことありません」

「そうか」打点王氏はそこで、少し考える間を空けた。体を捻り、安斎と僕に一瞥《いちべつ》をくれ、久留米とも視線を合わせた。その後で、草壁の肘や肩の位置を修正した。

草壁が素振りをする。

ずいぶん良くなったのは、僕にも分かる。同時に、打点王氏が、「いいぞ！」と大きな、透明の風船でも破裂させるような、威勢の良い声を出した。まわりの生徒たちからの注目が集まる。

「中学に行ったら、野球部に入ったらいいよ」選手は言い、そして、僕たちが望んでいたあの言葉を口にした。「君には素質があるよ」と。

自分の周囲の景色が急に明るくなった。安斎もそうだったに違いない。白く輝き、肚の中から光が放射される。報われた、という思いだったのか、達成した、という思いだったのか、血液が指先にまで辿り着く、充足感があった。

草壁は目を丸くし、まばたきを何度もやった。「本当ですか」

その時、久留米がどういう顔をしていたのか、僕は見逃していた。もしかすると、見てはいたのかもしれないが、今となっては覚えていない。

「プロの選手になれますか」草壁の顔面は朱に染まっていたが、それは恥ずかしさよりも、気持ちの高まりのためだったはずだ。久留米の立つ方向から、鼻で笑う声が聞こえたのもその時だ。何か、草壁をたしなめる台詞を発したかもしれない。

「先生、草壁には野球の素質があるかもしれないよ。もちろん、ないかもしれないし。ただ、決めつけるのはやめてください」

「安斎はどうして、そんなにムキになっているんだ」久留米が冷静に、淡々といなす。

「でも、草壁君、野球ちゃんとやってみたらいいかもよ」佐久間がいつの間にか、僕たちの背後に立っていた。「ほら、プロに太鼓判押されたんだから」

草壁は首を力強く縦に振った。

恐る恐る目を向けると、打点王氏は僕の予想に反して、明るい顔をしていた。あれは、乗りかかった舟、の気持ちだったのだろうか。それとも、先生と安斎とのやり取りから、嘘をつき通すべきだと判断したのか、そうでなければ、草壁の隠れた能力を実際に見抜いたのか、いやもしかすると、豪放磊落《ごうほうらいらく》の大打者は、あまり深いことは考えていなかったのかもしれない。彼は、草壁に向かい、「そうだね。努力すれば、きっといい選手になる」と付け足した。

久留米はそこでも落ち着き払っていた。「何だかそんな風に、持ち上げてもらってありがたいです」と打点王氏に頭を下げた。「草壁、おまえ、本気にするんじゃないぞ」とも言った。「あくまでもお世辞だからな」

念押しする口調が可笑《おか》しかったから、いく人かが笑った。場が和んだといえば、和んだが、わざわざそんなことを言わなくとも、と僕は承服できぬ思いを抱いた。

「先生、でも」草壁が言ったのはそこで、だ。「僕は」

「何だ、草壁」

「先生、僕は」草壁はゆっくりと、「僕は、そうは、思いません」と言い切った。
安斎の表情がくしゃっと歪み、笑顔となるのが目に入るが、すぐに見えなくなった。なぜなら、僕も目を閉じるほど顔を歪め、笑っていたからだ。

◇

野球教室が終われば、教室に戻ることもなく、校庭で解散となった。記憶の場面ではそうだ。打点王氏が帰るのを、生徒全員で拍手で見送った後で校長先生の挨拶があった。それから、みながばらばらに帰路へ向かったのだが、僕と安斎たちはしばらく校庭に残っていた。

草壁が自主的に素振りをするのを眺め、それこそ、「プロ野球選手が褒めたから」という先入観があったからか、「言われてみれば、草壁の素振りはなかなか上手だな」と感心し、「もっと前から、正式に野球をやっていれば良かったじゃないか」と余計なお世話を口にした。

「でも、不思議なもんだよね」草壁はその日、水を補給された植物さながらに、急に活力を得たのかもしれない。喋り方も明瞭になっていた。「ちょっと褒められただけなのに、すごく嬉しい」と笑った。

「草壁、おまえ、本当にプロの選手になったらさ」横に立った安斎が言った。

「なれるわけないけど」

「いや、分かんないよ、そんなの」安斎が真面目な顔で言い返す。「とにかくさ、プロになったら、テレビに向かって、サインを出してくれよ」

「サイン？　色紙にするやつ？」

「そのサインじゃなくて」安斎は言うと、指を二本出してみたり、ガッツポーズを取ったりと、ああでもないこうでもない、と体を動かしはじめた。

「それは何なの」草壁もバットを止め、疑問を口にした。

「いつかさ、おまえがプロ野球で活躍したとするだろ」

「たとえば、ね」僕は笑うが、安斎は真面目な顔だった。「その時、たぶん、俺たちは今みたいに毎日会ってるわけじゃないんだから、俺たちに向けて、合図を出してくれよ」

「合図？」

「活躍した後で、たとえば」安斎は自分の顔を洗う仕草をし、その後で、二本の指を前に突き出した。目潰しでもするかのように、だ。

「こういうの、とか」

「その恰好、何か意味あるの？」訊ねたのは僕だ。

「『顔を洗って、ちゃんと自分の目で見てみろ』ってそういう意味だよ。大人たちの先入観に負けなかったぞ、って俺たちにサインを送ってくれよ」

　ああなるほどね、と草壁は目を細めて、聞いていた。

「たぶん、その時にはもう、草壁はプロで忙しくて、俺のことなんて覚えてないかもしれないけどさ」安斎は言った。あの時にはすでに、小学校卒業後に引っ越す、と決まっていたのだろうか。

「覚えてないわけないよ」草壁は当然のように言ったが、安斎は首を傾《かし》げるだけだ。その後で、「もし、久留米先生がテレビを観ていたら、驚くだろうな」と言った。「たぶん、つらくてテレビを消しちゃうぜ」

　そこで僕は視線を感じ、はっと振り返る。すぐ後ろに久留米が立っていた。安斎も、あ、まずいな、という表情を浮かべたが、弁解を加えることはしなかった。

　話は聞こえていたのは間違いないが、久留米はそれには触れなかった。かわりに何か、非常に事務的な、安斎の盛り上がりに水を差す言葉を発した。内容は覚えていない。

　僕は、また草壁を眺めた。久留米の言葉など耳に入っていない様子であることに、心強くなる。プロ野球選手に褒められたことが、安斎言うところの、「教師期待効果」として彼に影響をもたらすのではないか。ありえるかもしれないな、と思い、おそらくその時僕は初めて、早く大人になりたい、と感じたかもしれない。

五年前、忙しい時間を縫い、地元にこっそりと帰ってきた草壁と居酒屋で会った。

「あの小六の時、安斎がいなかったら」と彼は酔っ払い、何度か言った。

小学校を卒業した後、当然のように同じ中学に行くものだと思い込んでいたが、安斎はあっさりと転校した。挨拶もなく、唐突に、いなくなった。最初のうちこそ年賀状を送ってきていたが、ある年に、苗字《みようじ》が変わったことを書き記してきた以降は、音信不通となった。

安斎の父親が、長い懲役で社会から離れている、と知ったのは、かなり後だ。世間でも大きな話題となった事件の犯人らしく、人の死も関係しているらしく、一時期はマスコミも騒いでいたという。安斎と母親はそのこともあり、住む土地を転々としていたのだろうか。

「そういえば、成人式で会った土田が言ってたよ」僕は話した。「東京の繁華街で安斎に似た男を見かけたんだって。土田は、安斎の名前も覚えていなかったから、『六年の時の転校生』って言い方をしてたけど」

「どんな感じだったんだろう」

「どこからどう見ても、チンピラみたいだったって」

「安斎が、チンピラねえ。別人じゃないのかな」

「土田が言うには、親が犯罪者だから、人生を踏み外すのは当然のことなんだと」

「そうかなあ」草壁が間延びした言い方をし、それから、こう続けた。「俺はそうは思わないけどなあ」と。

僕は、彼がその言葉をごく自然に口にしていることに気づいたが、指摘はしなかった。

「安斎、どうしているのかな」草壁はその台詞を、飲んでいる間、繰り返した。ただ、「会いたいな」とは一度も言わなかった。それは僕も同じだった。その言葉を洩らした途端、永久に会えなくなるような、妙な予感があった。安斎と会うことは、望みとして口にするような、叶《かな》うかどうか分からぬものではないのだ、と思いたかったのかもしれない。

今の僕は、会社員としての生活に精を出し、与えられた仕事をこなすのに疲弊し、恋人とのすったもんだに心を砕き、時に幸福を感じ、日々の生活を過ごしていた。小学生の頃を懐かしむこともほとんどない。

ただ、時折、外出中に不意の雨に降られると、ランドセルを背負い、髪を濡らしながら、停車したタクシーに向かい、野球選手の名前を連呼しながら必死に手を振っていた自分を、そして隣の安斎のことを思い出す。

〈参考文献〉『超常現象をなぜ信じるのか』菊池聡著　講談社

# 骨

井上　荒野

井上 荒野
いのうえ・あれの

1961年東京都生まれ。成蹊大学文学部卒業。89年「わたしのヌレエフ」でフェミナ賞を受賞。2004年『潤一』で島清恋愛文学賞、08年『切羽へ』で直木賞、11年『そこへ行くな』で中央公論文芸賞を受賞。『もう切るわ』『ベーコン』『夜を着る』『だれかの木琴』『結婚』など著書多数。

骨の音だと思ってたのよ、と母親が父親に喋《しゃべ》っていた。

成長期には背が伸びる音が聞こえるって言うじゃない？　あれだと思ってたのよ。この頃、陽《はる》は見るたびに背が伸びてるから。

そのとき陽も両親とともに食卓に着いていたが、体はテレビのほうへ向けていたから、父親の表情はわからなかった。きっと困ったような、うんざりしたような苦笑いを浮かべていたんだろうと思う。この頃――陽の身長がぐんぐん伸び出すのとときを同じくして――母親は、やたら天然ぼけの「ふり」をするようになった。

陽もその音を聞いていて、屋根裏に見知らぬ他人がいつの間にか棲《す》みついていた、といういつかニュースになっていた話を思い出したりもしていたのだが、実際には、音の正体はハクビシンだった。ぼけたふりをしながら母親はちゃんと実際的に動いてもいて、専門の業者に調査を依頼していたのだ。午前九時に駆除に来るから、それまでには起きててちょうだいよ、と言われていた。陽は午前五時半に起きた。そして六時には家を出ていた。食卓の上にメモを残してきた。〝サイクリング一泊　幸太と〟幸太と一緒だと書くべきかどうか迷ったが、結局書いた。幼なじみの幸太の名前は、サイクリングとともに両親を安心させる要素のひとつだ。

細い川の水面を、朝の光が滑っていく。すでに蒸し暑かった。幸太は来ていないだろう。来ていないだろう、来ていないだろう、来ていないだろうと考えながら陽はペダルを踏んだが、待ち合わせした陸橋の下、逆光の中に浮かび上がっているのは幸太と自転車のシルエットに間違いなかった。見たとたんくるりと回れ右して帰りたくなった。何で来んだよ？　と、軽く笑いながら言うしかないだろうと思ったが喉《のど》につかえて、ただ「よう」とだけ言った。よっ。幸太も片手を挙げる。もともと無口なタイプだから、いつも通りの幸太だと思えないこともない。ただし左目の上はまだ腫《は》れているし、頰《ほお》には擦《す》り傷《きず》のかさぶたが筋になっているが。

十三歳の七月。中学最初の夏休み初日。二人は海沿いの道を走って岬へ到り、突端でキャンプして戻ってくるという計画を立てていた。サイクリングの面白さを陽に教えたのは幸太で、岬まで行ってみようと言い出したのは陽だった。幸太の家やファミレスで地図やノートパソコンを広げて日程を相談し、ルートを検討した約二週間前が、遥《はる》か昔に感じられる。おかしな話だが、少しあのときに似ている。赤ん坊はどうやったら生まれるのか知った以前と以後。あれは小学校四年の林間学校の夜のことで、そういえばクラスメートの中で最後まで「そんなの嘘《うそ》に決まってる」と言い続けていたのが幸太だった。

「んじゃ、レッツゴーだな」

目が合うと、うっすら笑って幸太が言った。口を利くときはわざとなまって、田舎くさい言いかたをするのも以前からのことだった。母親が天然ぼけぶるのと似たようなものだ。どいつもこいつもふりばっかしやがって。苛立《いらだ》つと罪悪感が少し薄まる。

幸太がすいと先に出て、陽が後に続くかたちになった。幸太はあいかわらずチビだが、サッカー部でフォワードをやっているし自転車でも走り込んでいるので、体つきはしっかりしている。この暑いのに長袖《ながそで》のスウェットを着込んでいるのは、肘《ひじ》の包帯を隠しているせいだということに気がついた。そんなふうに隠せるところだけを狙《ねら》って痛めつけたのだ。

途中から海を逸《そ》れて山に入っていったのは、展望台で昼食を食べるためだったのだが、暑さに加えて登り道が想像を絶してきつく、行き着かないうちに昼になった。道の傍らに牧草地のような拓《ひら》けた場所が見えてくると、ここでいいんじゃねえ？　と幸太が言った。でもここ私有地だろう、と陽が言おうと思っているうちに幸太はさっさと自転車から降りて、低い柵《さく》を乗り越えて中に入ってしまった。

遠くに納屋のような建物が見えたが、馬も牛も人の姿もなかった。柵から一メートルほど離れた場所にあるひょろりとした木の根元に幸太が腰を下ろしたので、陽もそうした。リュックから食パンとソーセージを出す。本当なら携帯コンロでちょっとした料理をするつもりで食材を持ってきたが、こんなところで店を広げるわけにはいかないだろう。ここが展望台だったとしても、うきうきソーセージを焼いたとは思えないが。最初に思い描いていたような旅になるはずもないのに、装備だけ最初に予定していたままで来てしまった。

「はい、これ」

にゅっと差し出されたのはアルミホイルの包みだった。大きな握り飯が三つと、鶏の唐揚げと沢庵《たくあん》がぎゅうぎゅう詰めになっている。

「なんだよ、これ」

「かあちゃんに持たされたんだよ。陽のぶんも」

同じ包みを幸太も広げている。

「俺《おれ》と一緒に行くって、親に言ったの？」

「言ったよ。ていうか陽と一緒だってことで、行っていいことになったんだからさ」

「ガキか」

自分が残してきたメモのことは棚に上げて陽は嘲《あざけ》りの声を発した。その一方で、てことは幸太の親は、何も知らないんだなと考えている。怪我《けが》のことを何て説明したんだろう。

　それを聞こうかどうしようか迷っていると、首から提げた携帯が鳴り出した。着信音で、薫子《かおるこ》からだとわかる。陽は通話ボタンを押した。暑くて気まずくて風すら吹いてこないこの場所から、数分でも逃げ出したくて。

「今？　牧場」

　わざとぞんざいな口調で、薫子ではなく幸太に聞かせるように、そう答える。

「そう、サイクリング。……どこだろ、わかんねえ。通りがかりの牧場だよ。山ん中。暑いよ、そりゃ。あっちいよ」

　ひとりで？　という質問が薫子からあり、「うん」と陽は簡潔に嘘を吐《つ》く。

「明日ヒマ？　自転車でまっすぐそっち行くよ。五時か六時頃。いいじゃん、ちょっとだけ。……うん、電話するから。ＯＫ？　やりー」

　薫子は幾分当惑しているようだった。陽がよく喋るし、いつもよりずっとやさしいからだ。陽自身にしても自分が薄気味悪い。幸太の耳を意識しているからそうなるわけだが、でも、薫子に対しての自分の態度はそもそもが自分らしくなかったような気もしてくるし、そうやって考えていると自分がいつから、誰《だれ》に対して演技をしていたのかわからなくなってくる。

電話を切ると、一拍おいて幸太がこちらに顔を向けた。

「陽、やさしいじゃん」

からかうようにそう言ったので、心の中を見透かされた気分になる。

「やさしくしないとやらしてくんないからさ」

「まだやってないの？」

今度は呆《あき》れたような口調で言われ、陽は憮然《ぶぜん》と頷《うなず》く。

「薫子、かわいいよな」

幸太が薫子と発声すると小麦粉みたいに聞こえる。それにしても、幸太からいいようにあしらわれているような感じがするのは気のせいだろうか。

「応援部はもてるからいいよな」

黙っていると幸太はそう続けた。応援部という単語が出たことでぎくりとし、それを隠すために、

「サッカー部だってもてるじゃん」

と、極力あっさり陽は返した。

「俺はもてないよ」

幸太は言い、

「あ、つまり俺がもてないのか」

と笑った。見計らったように豚が数頭あらわれて、二人のほうには見向きもせずに横切っていった。握り飯も唐揚げもうまかった。幸太の母親は料理雑誌のふるさとレシピコンテストに応募して入選したこともあるほど料理上手だ。小学一年のときから互いの家に出入りして、昼食や夕食をごちそうになることもしょっちゅうだったから、そのこともよく知っている。

展望台にはそこから十五分ほど走って着いたが、眺望はぱっとしなかった。海と山に挟まれた退屈な町が、炎天の下に夏ばてしたように横たわっているだけだった。

「上から見たからって変わんねえな」

陽が独りごちると、

「行き届いていませんね」

と幸太が、二人のクラスの担任教師の口癖を真似《まね》て言った。「サザエさん」の波平に似た社会科教師は、宿題をやっていない生徒が多いときも、掃除のし残しがあるときも、「行き届いとらんねえ」と言うのだ。

「あそこらへんの埃《ほこり》、気がついた人はいないんですか」

幸太がそう言って指差したほうに視線を向けると、そこには二人が通う中学校の、十円ハゲのような校庭が見えたが、それが偶然なのかどうかはわからなかった。

下りは陽が先に行った。勢いに任せて走っていき、途中で振り返ってみると、ずいぶん待ってから幸太がカーブを曲がってきた。はぐれたふりしてどっか行っちまえばいいのに。陽はそう考えてみる。

登り道で張りつめていた脚の筋肉が今は緩んで、むずむずする。幸太を蹴《け》った脚だった。気を緩めるとあのときの感触が戻ってくる。幸太の足を思いきり踏みつけたときの感触。やられているやつらは全員、無抵抗だった。サッカー部のＯＢと先輩部員からそういう指令が行き届いていたのだ。全国大会の予選トーナメントを控えた時期に、ある部員の家に寄り集まって宴会したグループの中に幸太もいた。もしも自分が幸太でも、そういう場に誘われたら、加わらない、という選択肢はなかっただろう。飲酒・喫煙の現場をツイッターで実況中継したバカがいて、その画像を拾って親や学校にわざわざ知らせたバカがいた。トーナメント出場辞退が決まり、応援部としてはヤキを入れることが決まった。こちらもＯＢと二年三年部員が一年に指令を出した。一年部員の根性試しも兼ねていた。もしも幸太が俺だったとしても、従うほかなかっただろう。

じゃれ合いでなく本気で——先輩たちの監視下だったから——人を殴ったり蹴ったりしたのは生まれてはじめての経験だったが、奇妙なことが起きた。手ぇ抜くなよ陽、と名指しで発破をかけられたのは、陽と幸太が幼なじみだということが知られていたからで、だから陽はむしろ積極的に幸太を痛めつけざるをえなかったのだが、ひとたび殴ってしまうと、感覚が麻痺《まひ》するというより、あっさりとたがが外れた。

幸太の骨の感触が拳《こぶし》や足裏に伝わってくると、それを振り払うために、次の一打はもっと強く打ちおろす、ということになった。次第に興奮してきて、わけがわからなくなった。瞬間的に、そうなるなんの理由もないのに、幸太が憎いような気がした。挙げ句、おい陽やりすぎるなよと注意されるほどだった。

山を下りるとしばらくは街中を走る道だった。住宅と商店が混在する埃っぽい通りを、いやにスピードを出して行き過ぎる車を避けながら走る。声が聞こえたような気がして振り向くと、幸太は自転車を降りて路肩にしゃがみ込んでいた。

「ちょっと疲れた」

戻ってきた陽ではなく、地面に投げ出した自分の脚の間を見ながら、最初幸太はそう言った。

「ていうか、ちょっと足が痛い」

「足？」

幸太が押さえている足首を見る前に、顔を見たら真っ青になっていた。そして左の足首は、ひどく腫れていることがソックスの上からでもあきらかにわかった。

最後に蹴ったのは左の足首だったことを覚えていた。陸橋の下の砂利の上に幸太の足首を強く踏みつけたときの、ごりっという骨の反発が易々とよみがえった。ちょっと見せてみろよと陽は言ったが、見せるのをいやがってくれればいいと思った。しかし幸太は半分気を失ったようにされるがままになっていて、腐りかけた果物のように熱を持ちながら倍ほどにも腫れているその部分を見てしまった。

「立てる?」

たぶん、と幸太は答えたが立とうとはしない。

「なんか、痛くてさ」

唇が震えている。それほど痛いのか。どうして来たんだよと陽は胸の中で今一度呟《つぶや》く。

「医者行く? っていうか、救急車?」

「救急車はだめだ、いろいろ聞かれるから」

「自転車で転んだとか言えばいいじゃん」

「医者が診たらいつケガしたかなんてすぐわかるだろ」

「じゃあそれでいいじゃん。先輩にシメられましたって言えばいいだろ」

「ことが大げさになったら、またシメられる」

その可能性はあるかもしれない。一年にやらせたのも、頃合いを見てやめさせたのも、教師や親が見過ごせないほどのケガをさせないためだ。チクらない、というのは暗黙の了解になっていて、チクる先には教師や親だけでなく警察や病院も入っているだろう。だからみんなうまく加減して殴ったのだ。自分だけが、加減できなかった。

「じゃあどうすんだよ。歩けないんだろ？」

癇癪《かんしゃく》を起こしたガキみたいな声が出てしまった。幸太はうんざりしたような目で見上げて「少し休めば大丈夫」と言った。

「ここで？」

「陽、先行ってていいよ」

「やだよ」

「行っていいよ」と言えば俺がほっとして置いていくと思ってるんだろうか。きっと思ってるんだろう。

そのとき後方からやってきた小型トラックが、二人の横で減速して停《と》まった。降りてきたのは、ほとんど黄色と言っていい髪を後ろで括《くく》り、真紫色のニッカーボッカーを穿《は》いた背の高い痩《や》せた男だった。

「折れてんじゃねえ？　これ」

そのために呼ばれたというように遠慮会釈なく幸太の足首を検分すると、男は言った。

「折れてませんよ」

幸太が弱々しく否定した。

「折れてるよ」

「いや……」

「折れてるって言ってんだろ」

最初疑問形だったのが断定になり、しかも怒気を含んでいる。陽が思い出したのは応援部の上級生たちのことだった。新入生歓迎のエキシビションでは最高にクールな統率力と演技を披露し、入部説明会ではユーモアに溢《あふ》れた穏やかな物腰を通し、しかし入部するやいなや、理不尽と暴言と暴力を当然のように振りまわしはじめたやつら。男が「病院まで乗せてってやるよ」と言い出したとき、陽はもちろん、幸太ももう拒否しなかった。


上部が幌《ほろ》になった荷台の中は外から見る以上に広さがあり、自転車二台とともに二人が乗り込んでもじゅうぶんな余裕があった。

そもそも積荷らしきものがほとんどなかった。ぱんぱんに膨らんだ黒いゴミ袋と、紐《ひも》をかけた雑誌の束がそれぞれ五つ六つずつ、奥のほうに寄せてある。男の職業を推察することもできない。

自転車は床に寝かせて置いて、それを挟んで向かい合うかたちに腰を下ろした。互いにあらぬほうを向いていた。これまで、トラックの荷台には一度乗ってみたいと思っていたが、こういう状況で乗ることになるなんて夢にも思わなかった。

「あれ、エロ本だな」

ふいに幸太が言った。奥の雑誌のほうを見ている。

「全部エロ本みたいだな」

「へーえ」

極力どうでもよさそうに陽は答えた。実際、今はエロ本などどうでもよかった。その一方で猛烈に気になりはじめていることがあり、それは黄色い髪の男が何者なのかということ、男に言われるままに荷台に乗ってしまってよかったのだろうかということだ。

「今のうちに勉強しとけば」

何を言われているのかわからず眉《まゆ》をひそめると、「セックスの勉強」と幸太は言った。

「薫子とやるときに失敗しないようにさ」

「ほっとけ」

幸太が今その話をする意味がさっぱりわからない。やったことないんだろ？　と幸太はなおも言う。

「おまえは、あんのかよ？」

「あるよ」

「嘘吐け」

「嘘じゃないよ。じゃあ教えてやるよ」

幸太が左足を引きずって這《は》うようにして、一番近くにあったゴミ袋に跨《また》がり腰をカクカク動かすのを、陽は呆然《ぼうぜん》と眺めた。

「うわっ、臭っ」

幸太はゴミ袋を押しのけ、その弾みで横様に転がって「いてーっ」と悲鳴に近い声を上げた。

「なにやってんだよ、幸太」

陽は笑おうと思うが笑えない。

「このゴミ袋くっせえ。死体でも入ってんじゃないの」

「死体運んでたら、俺らを乗せないだろ」

「俺らも死体にするつもりだったりして」

「そうする意味がないだろ」

「殺人鬼には意味も理由も関係ないだろ」

「ありえねえよ」

しかし車はいっこうに停まる気配がなかった。山奥の道を走っているわけではなし、病院の一軒くらいもうあってもいい頃だ。幌の隙間《すきま》から外が覗《のぞ》けるが、さっき総合病院らしき建物の前を猛スピードで走り抜けたような気もする。

ありえるかもしれない、と陽は思う。いつからか自分はありえない状況の中に嵌《はま》ってしまったのだ。いつからだったのだろう。幸太をぶちのめしたところからか。応援部にノコノコ入部申し込みに行ったところからか。幸太とはじめてまともに目が合った。

「病院、まだかな」

言うべきじゃないと思いながら陽は情けない声で言ってしまった。

「まだだろ」

と答えた幸太は目をぎらぎらさせていた。

そのときトラックは突然停車した。黄色い髪の男は幌の前に立ち、まさしくありえない声で吠《ほ》えた。

男の最初の咆哮《ほうこう》はどうやら「さっさと降りろ」という意味の言葉だったらしい。呆然としているとにゅっと腕がのびてきて、襟首を摑《つか》まれるようにして引っ張り出された。続いて幸太が、よろめきながら降りてくる。トラックが停まっているのはコンビニの駐車場だった。二人が降りた荷台に、男は今度こそ意味をなさない雄叫《おたけ》びを上げながら飛び上がり、ゴミ袋や雑誌の束を投げ下ろしはじめた。

それから男は両手にゴミ袋を提げて店へ駆けていき、喚《わめ》きながら中身を店内にばらまいた。袋が空になると戻ってきて、次のゴミ袋を摑んだ。幸太は降りた場所にぺたりと座り込んでしまった。ぽつんと突っ立っている格好になった陽の目を男が捉えた。

「ぼさぼさ突っ立ってんじゃねえよ。手伝えよ」

「え。あ」

陽は反射的に雑誌の束を掴んだ。男に手渡そうとすると、おまえがやるんだよと怒鳴られ尻を蹴られた。動けずにいるとまた蹴られたので仕方なく店に向かった。おらおらぁ、という男の声に追い立てられるように駆け足になり、陽を追い越した男が三つ目と四つ目のゴミを投げ入れたのに続いて、雑誌の束を放り込んだ。自動ドアの前には紙くずや生ゴミが散乱している。カウンターの向こうにいる店員が目をまるくしてこちらを凝視している。こわくて見渡すことができないが、客も数人いるようだ。紐かけたまま投げてどうするんだよ、と男にまた蹴られ、店の中に倒れ込みそうになる。

どうにか踏みこたえて、再びトラックのほうへ戻っていく男のあとを追った。「ほら」と今度は男から手渡されたゴミ袋を受け取り、蹴られないうちに店へ駆けた。気がつくと泣きながら走っていた。必死で袋の結び目を解き、中身を床の上にぶちまけた。食い終えたカップ麺《めん》の容器がざらざらとこぼれ出て、饐《す》えたにんにくと醤油《しょうゆ》の臭《にお》いがたちのぼった。吐き気を抑えながら、雑誌の紐を解く男の手つきの、奇妙なほどの几帳《きちょう》面《めん》さに陽は見入る。

「よく覚えとけよ！」

最後の一冊を投げるように男は怒鳴って、トラックへ戻っていった。まだゴミはあったが、もう投げ込む気はないようだった。男は汗だくで、肩で息をしながら、陽と幸太を交互に見た。

「フトウカイコ」

え？　と陽はおそるおそる聞き返す。

「フトウカイコのフクシュウ」

あ。そうだったんですね。蚊《か》の鳴くような声でかろうじて呟くと、男は鼻白んだ顔で、「乗れよ」と言った。

「え？」

「病院だよ、病院。約束通り連れてってやるから」

「いや……」

このトラックの荷台に再び乗り込まないためにはどうすればいいんだろう、と陽は必死に考える。逃げるか。だが幸太はどうする。自転車は。それともここに置き去りにされるよりは、トラックに乗ったほうがいいのか。なにひとつわからない。ただ涙が出てくる。どうしたら、この状況から逃れられるのか。

「病院はまずいんですよ」

突然、はっきりした冷静な声で、幸太が言った。地べたに座ったまま、男を見上げて。

「あ?」

男も不意を突かれたような顔になった。

「病院はまずいんです、ちょっと事情があって」

「事情?」

男は気味の悪いものを見る表情になり、幸太は淡々と、驚くべき発言をした。

「この足、やったの、こいつなんですよ」

「ああ?」

男に覗き込まれて、陽は思わず首を振る。

「ほんとのことですよ。こいつ応援部で、俺サッカー部なんだけど、不祥事があって、俺のせいじゃないのに、一緒くたにヤキ入れられて」

「じゃあなんで一緒にサイクリングとかしてんだよ?」

「さあ」

幸太は肩を竦《すく》めた。そんな仕種《しぐさ》を幸太がすること自体が驚きなのに、それはいかにも男を馬鹿にしきったような仕種でもあった。男の目が吊り上がった。

「きもいよ、おまえら。うざい。うざいうざいうざい。ごちゃごちゃ言うなよ。せっかくいい気分だったのに」

いい気分だったのか。なぜかまずそう思い、そうか、怒らせる作戦なのか、という考えはその次に浮かんできた。怒ってこのまま俺たちを置いてってくれれば、あとのことはなんとでもなるだろう。店の人にはありのまま説明すればいいんだ。しかしその考えはうまく腑《ふ》に落ちてくれない。幸太のどこか夢を見ているような表情のせいだ。

「じゃあ、これ、あんたにやられたことにするから」

陽と男は揃《そろ》って驚愕《きょうがく》の表情で幸太を見た。今度は何を言い出すんだ。「じゃあ」ってなんだ。

「じゃあ、ってなんだよ？」

はたして男も同じことを怒鳴った。

「だれかに聞かれたら、あんたにやられた、ってことにするよ。あんたに踏みつけられたって」

ガキィー、と男は咆哮した。陽はとっさに身構えたが、男が突進したのは自分のトラックだった。荷台に駆け上がり、吠えながら自転車を投げ下ろした。まず陽のを。次に幸太のを。フィルムを巻き戻してさっきの場面に戻ったかのようだったが、響きわたる音はずっと大きかった。

それから男は運転席に乗り込んで、走り去っていった。荷台から飛び降りたときにはもう陽たちのほうを見もしなかった。まるで逃げるようだと陽は思い、男を羨《うらや》ましいと心底思った。

コンビニのドアが開いて中の人間がひとりふたりと出てきた。先頭にいた店員は、二人のほうをちらりと見てから携帯電話を耳にあてた。きっと警察を呼んでいるのだ。

陽は幸太を見おろした。疲れ果てたように膝《ひざ》に頭を乗せていたが、陽を見て、にやりと笑った。どういう意味の笑いなのかわからない。笑い返すべきなのか、そうしたらどうなるのか。

薄い笑みを浮かべたまま幸太の手が左の足首にのびて、そっとそこを包んだ。その仕種を見たとたん、今頃もうハクビシンはいなくなってるな、となぜか陽は思った。今夜からはもう骨が伸びる音は聞こえないな、と。

# 夏のアルバム

奥田 英朗

奥田 英朗
おくだ・ひでお

1959年岐阜県生まれ。雑誌編集者、プランナー、コピーライターを経て97年『ウランバーナの森』で作家デビュー。2002年『邪魔』で大藪春彦賞、04年『空中ブランコ』で直木賞、07年『家日和』で柴田錬三郎賞、09年『オリンピックの身代金』で吉川英治文学賞を受賞。『最悪』『東京物語』『イン・ザ・プール』『ガール』『無理』など著書多数。

# 1

西田雅夫は小学二年生の男子で、もっかの関心は、自転車に補助輪なしで乗れるようになることだった。ここ半年で、ばたばたとクラスの遊び仲間が自転車の補助輪を外すようになり、雅夫は取り残されたのだ。

自転車に自由に乗れるようになると、行動範囲は一気に広がる。放課後はいつも、近所の神社で遊んでいるが、遊び友だちの下川君や伊藤君は、補助輪なしの自転車で来るようになった。道の向こうから自転車にまたがって現れる姿は、ガンマンみたいに恰好《かっこう》よく、雅夫は羨《うらや》ましくてならなかった。補助輪があると、それに頼るからすいすい進めない。音だってうるさい。

自転車は小学校に上がるとき、一緒に暮らす祖父母から買ってもらった。近所の自転車屋さんで、並んでいる子供用自転車の中から、青い車体と電池式の警笛ブザーが気に入って選んだ。

クラスの男子では、半分くらいが自分の自転車を持っていた。だから雅夫の家も平均的家庭と言えた。父親は自動車部品メーカーに勤める会社員で、母親は家で既製服を作る内職をしていた。きょうだいは二歳上の姉が一人いる。

その日も雅夫たち三人は、神社の境内で遊んでいた。駄菓子屋で買った一個五円の紙ヒコーキを、主翼を反らせたり、尾翼を小さく折ったりして、飛ばし合う遊びだ。距離も競うが、飛び方も競う。大きな輪を描いて一回転させると、ちょっと自慢できる。紙ヒコーキが遠くまで飛ぶと、下川君と伊藤君は自転車に飛び乗り、漕《こ》いで拾いに行った。走って拾いに行くのと、それほど時間にちがいがあるわけではないが、そうするのは、自転車を操るのが楽しいからである。

「西田君も自転車で拾いに行けばええやん。そのほうが楽やよ」

雅夫が二十メートル以上も飛ばしたとき、伊藤君が言った。

「あかんて。おれ、補助輪がないと乗れんもん。それやとスピードが出ん」

雅夫が首を振る。

「補助輪外して練習してみぃ。すぐ乗れるようになるぞ」

「おう、そうやて。おれも、お父さんが、こんなもん付けとるでいつまでたっても乗れんのやって、工具使って補助輪外してまったで、仕方なしに練習したら、春休みの間に乗れるようになったもん」

　下川君も加わって言った。下川君は大きいから、自転車にまたがっても楽に足が地面についた。だから練習もたやすかったのだろう。

「うちはあかん。お母さんが、まだ補助輪外したら危ないって言っとったもん」

「そしたら、おれので練習してみい」

　伊藤君が自分の自転車を使うよう差し出した。

「ええの？　倒したら傷がつくよ」

「ええて。どうせ親戚《しんせき》のお下がりやもん。おれ、新しい自転車が欲しいで、壊れてくれた方がええわ」

　下川君も賛成したので、ヒコーキ飛ばしを中断し、雅夫は自転車の練習をすることになった。二人が見ていてくれる。

　自転車にまたがり、ペダルに右足を載せ、やにわに漕いだ。ハンドルが左右に大きくぶれる。三メートルと進まず、足をついた。自転車も倒れる。

「やっぱあかんわ。乗れん」と雅夫。

「簡単にあきらめたらあかんて。おれだってトックンしたもん」伊藤君が励ました。そうか、トックンか。雅夫たちが最近覚えた言葉だ。

再び試みる。またしてもハンドルがぶれた。腕に力を入れると、ますますぶれが大きくなり、前に進まなくなる。

そんなことを十分も続けたら、いやになった。

「今度にするわ」と雅夫が言い、トックンはおしまいになった。

再びヒコーキ飛ばしで遊ぶ。一段落つくと、また駄菓子屋に行って、一個五円のケーキを食べた。神社に洗い場があるので、そこの水道水で喉《のど》を潤す。本当はジュースを飲みたいが、小遣《こづか》いは三人とも月に三百円なので買えない。

午後五時になって、小学校のチャイムが鳴った。一キロも離れているのに、空全体に響いている。神社の奥の方から年寄りの神主《かんぬし》さんが姿を現し、「おーい、五時だぞー。子供たちは帰れー」と大きな声で言った。ここの神主さんの日課だ。

雅夫たちはそれぞれ自転車にまたがり、帰ることにした。下川君と伊藤君はすいすい走る。雅夫は補助輪をガチャガチャ鳴らして走る。

二人のほうが家は遠いので、「先に行っていいよ」と雅夫が言った。「わかった」「じゃあな」二人は振り返って返事をすると、速度を上げて去って行った。

その背中を見送る。日はまだ高く、空は青いままだった。豆腐売りのラッパの音が町に響いている。

家に帰ると、姉が下の居間で宿題をしていた。雅夫の家は借家で、一階に祖父母が住み、二階に雅夫たち親子が住んでいる。姉が下にいるということは、母が留守なのだろう。

「お母さんは？」雅夫が聞くと、姉はぶっきら棒に「病院」と答えた。

「何時に帰ってくるの」

「知らん」

「千寿堂《せんじゆどう》にも寄るの」

「知らん」

姉は顔も上げなかった。

今年の初めから、千寿堂に住む母方の伯母さんが病気で入院していたが、最近になって母の見舞いに行く回数が増えた。どんな病気かは知らない。雅夫が知っている病名は盲腸炎だけだ。

母と千寿堂の伯母さんは、八人兄妹《きようだい》の中の姉妹で、とても仲がよかった。伯母さんのところには、雅夫より四歳上の恵子ちゃんと、一歳上の美子《よしこ》ちゃんがいて、この二人の従姉妹《いとこ》は姉と仲良しだ。だから親戚の中では一番よく遊びに行く家だ。

雅夫は土間の台所へ行って、今度は祖母に聞いた。

「お母さん、何時に帰ってくるの」

「さあ、お祖母《ばあ》ちゃんも知らん。晩ごはんまでに帰って来んかったら、残しとかんでもええって言っとったけどねえ」

祖母はいつもゆっくりとしゃべる。動作ものんびりしていて、怒ったところを見たことがない。

「晩ごはん、何？」

「豚肉を焼こうと思っとるけど」

「やった」

肉と聞いてうれしくなった。雅夫は野菜が苦手で、ニンジンもタマネギもトマトも大嫌いなのだ。

姉が宿題をする横でテレビを観た。『トムとジェリー』の再放送だ。猫とネズミが追いかけっこをするアメリカの家の広さには、いつもため息が出る。冷蔵庫の中も、御馳《ごち》走《そう》でいっぱいだ。

姉も宿題の手を休め、テレビに見入った。面白いシーンでは、二人で声を出して笑った。

母が帰ってきたのは午後八時過ぎだった。二階に上がってくるなり「お風呂はどうする？」と聞くので、雅夫は「今日はええ」と返事をした。姉はテレビの歌番組に見入っている。銭湯に行くのは、週に三回ぐらいだ。

「千寿堂にも行ったの？」雅夫が聞いた。

「うん。行った。伯父さんの帰りが遅いで、恵子ちゃんたちの晩ごはん作って、ついでに一緒に食べてきた」母が着替えながら答える。「あの子ら、しっかりしとるよ。恵子ちゃんはお味噌汁《みそしる》も作れるって言うし、美子ちゃんだって一人で銭湯に行けるって言うし……。雅夫君、あんた一人で行けるかね」

「行けるよ」

「うそばっかり」横からすかさず姉が言った。いかにも小馬鹿《こばか》にした口調だ。

「お姉ちゃんは黙っとりゃあ。自分はお化け屋敷で泣いたくせに」雅夫はむきになって言い返した。

「なんでお化け屋敷が関係あるの」

「だって——、だって——」

「あんたら喧嘩《けんか》はあかんよ」母が一喝《いっかつ》し、奥の部屋に行った。そこにはミシンがあって、母はたいてい夜も仕事をしている。父も帰りは遅い。平日はいつも雅夫たちが寝てから帰ってくる。

「あ、あ、あ」そのとき姉が声を発し、膝立《ひざだ》ちでテレビのすぐ前まで移動した。歌番組にグループ・サウンズのザ・タイガースが登場したからだ。

姉はジュリーのファンだ。自分とはたったの九歳ちがいで、いつか結婚できると言い張っている。たわけらしいと雅夫が笑ったら、本気で怒ったことがある。

「あんたら、九時になったら寝なあかんよ」母が奥の部屋から言った。「今夜は自分たちで布団敷いて。恵子ちゃんたちは何でも自分でやっとるでね」

「わかった」

雅夫は押し入れから布団を引っ張り出した。担ごうとしたら、重さに耐えられず、畳の上に押しつぶされた。

「雅夫、うるさい」姉がテレビに身を乗り出したまま怒った。ジュリーはブラウン管の中で『君だけに愛を』を唄っている。

布団を一組敷いて、頭から飛び込んだ。

「うるさいって言っとるやないの」また姉が怒った。

寝るのは姉と一緒の布団だ。毎晩、掛布団を引っ張り合う喧嘩になる。

2

雅夫は依然として自転車に乗れない。近所では、ハナタレの同級生まで補助輪なしで乗るようになった。だから少し焦っている。母に補助輪を外していいかと聞いたら、だめだと言われた。

「あんたが乗っとるのを見ると、まだ危なっかしいもん」

母は、この頃自動車の数が増えて、車の往来が激しくなったのを心配していた。すぐ近くの四つ辻《つじ》では、何度も交通事故が起きている。町内会では信号機を設置してくれるよう、役所に頼んでいるとのことだ。

「早く信号できるとええねえ」母はそこを渡るたびにそう言う。

補助輪を外してもらえないので、練習はもっぱら伊藤君の自転車を借りて行った。伊藤君は親に新しい自転車をねだっているらしく、そのせいで今の自転車を大事に扱おうとはしない。「このオンボロめ」と憎々しげに蹴《け》ったりする。

下川君と伊藤君がヒコーキ飛ばしをしている中、雅夫一人で自転車の練習をした。何度も漕ぎ出し、何度も倒れる。その繰り返しだ。二人とも「自然に乗れるようになった」と言うので、雅夫としてはその言葉を信じるしかない。

ときどき、足をつかずに十メートルほど走れるときがある。しかしその場合はハンドル操作が不能で、行き先は自転車に聞くしかない。

この日も、何かの拍子でバランスが取れ、自転車はするすると前に進んだ。下川君と伊藤君が気づき、「おお、凄《すげ》え、凄え」と驚いてくれた。

「もっと漕いで、漕いで」

言われた通り、雅夫はペダルを踏む足に力を入れる。すぐ先に池があった。その池が迫ってくる。雅夫が乗る自転車が向かっているのだ。

「ブレーキ、ブレーキ」

二人が大声で言う。次の瞬間、雅夫は自転車に乗ったまま池に落ちた。水しぶきが上がり、水草が激しく揺れた。

雅夫は池の中で尻もちをついた。深さは膝までもないから、落ちても危険はない。前にも落ちたことはあるのだ。

下川君と伊藤君があわてて駆けてきた。

「西田君、大丈夫？」

「うん、大丈夫。でもゴメン。自転車も落ちてまった」雅夫は真っ先に自転車の心配をした。友だちから借りて汚したのだ。

「ええて、そんなもん」伊藤君は怒らなかった。「だってポンコツやもん」洟《はな》をすすり、忌々《いまいま》しげに言った。

「おーい。子供たち、大丈夫かー」今度は神主さんが駆けてきた。雅夫は自転車を池から担いで出し、自分も上がった。

神主さんが池のほとりに到着する。年寄りだから、ゼーゼー息を切らしていた。

「たまたま窓から見とったら……、自転車でフラフラと池に向かって行くもんで……、びっくりしてまったわ……。ぼく、大丈夫か」
「はい。大丈夫です」雅夫は神妙に答えた。
「怪我《けが》はないか」
「ありません」
「そうか……。それはよかった。泥だらけやで事務所まで来んさい……。洗い場がある
で、そこで洗うとええわ」
　神主さんが禿《は》げ頭に汗を浮かべて笑っている。叱《しか》られると思ったので、雅夫はほっと
した。
　神主さんより先に洗い場に行った。いつも水道の水を勝手に飲むので場所は知ってい
る。
「ほれ、ぼくらでやりなさい」
　神主さんがホースを用意してくれた。それでまずは自転車を洗う。続いて自分を洗っ
た。腰から下は泥水で真っ黒だ。もちろんパンツまで水浸しである。
「おれがやったるわ」下川君がホースを手にし、先っぽをつまんで水の勢いを強くした。
泥が見る見る洗い流されていった。それ以上に気持ちよかった。今日は暑かったので、
雅夫には一足早い水浴びだ。
「西田君、お母さんに怒られえへん？」伊藤君が聞いた。

「うん。怒られん」雅夫が答える。実際、母はほとんど怒らない。

「ええなあ。うちならお尻叩《たた》かれるわ」伊藤君がため息をついた。

「ぼくら、泥を落としたらこれで拭《ふ》きなさい。それで今日はもう帰りんさい。風邪ひいたらあかんでな」

神主さんがタオルを手渡してくれたので、雅夫はお礼を言って借りた。帰り際、三人に飴玉《あめだま》をくれた。

「おれ、絶対に新しい自転車買ってもらう。おれだけお下がりやなんて不公平やて」

一緒に帰りながら、伊藤君が鼻の穴を広げて言った。不公平という言い方が、なんだか恰好よかった。


家に帰ると、神社で池に落ちたことを母に言い、着替えを出してもらった。母は、

「何をやっとるの」と苦笑していた。二階で着替えて、一階の土間にある洗濯機に脱いだものを放り込む。母は台所に立っていた。醤油《しょうゆ》の湯気が鼻をくすぐる。

「晩ごはん、何?」雅夫が聞いた。

「これは恵子ちゃんたちの分」と母。

うしろから背伸びしてのぞくと、里芋の煮物とか、ホウレンソウのお浸しとか、主に野菜のおかずだった。

「これから千寿堂に行くの？」

「うん。また遅なるで、夜はお姉ちゃんと布団敷いて、先に寝とって」

「わかった」

「伯父さんが看病で病院に行っとるで、夜は恵子ちゃんと美子ちゃんと二人だけなんやよ。あそこはお祖父《じい》ちゃんもお祖母ちゃんもおらへんでね。雅夫君、あんた夜一人でおれるかね」

「おれん」

「えらいよ、あの子ら。お母さんが家におらんでも講釈言わんし、なんでも自分でやるし。恵子ちゃんね、トンカツの作り方覚えたんやと。まだ小学六年生でたいしたもんやわ」

「ふうん」

雅夫は感心したものの、よくわからなかった。六年生は、自分にとっては大人みたいなものだ。

母は恵子ちゃんと美子ちゃんを褒《ほ》め続けた。姉妹で協力し合って、掃除も洗濯も自分たちでやっているらしい。

「あんたら、今度の日曜日、病院に伯母さんのお見舞いに行くで、そのつもりでおってね」

「わかった。恵子ちゃんと美子ちゃんにも会える？」

「会えるよ。お姉ちゃんと一緒に遊んでもらやあ」

雅夫はそうと聞いて待ち遠しくなった。恵子ちゃんは物知りで、いろんなことを教えてくれる。葉っぱで笛を吹けるし、トランプの七並べも強い。

母がおにぎりを作りだした。見るからにおいしそうだ。

「ねえ、ぼくもおにぎりがいい」雅夫が言ったら、晩ごはん用にと二つ作ってくれた。

3

日曜日、親子四人で市民病院へ伯母さんのお見舞いに行った。行きの車の中で、母は姉と雅夫にいろいろと注意をした。

「千寿堂の伯母さん、すっかり痩《や》せてまって顔色も悪いけど、何にも言ったらあかんでね。こんにちはって挨拶《あいさつ》して、あとは黙っとりゃあええで。病室にはほかの患者さんもおるで、とにかく静かにしとって。ほんで、恵子ちゃんたちとすぐに出て行けばええわ。裏側に芝生の庭があるで、そこで遊んどればええで。わかった？」

「うん。わかった」姉弟でうなずいた。

千寿堂の伯母さんは、大きな声で笑う、やさしい伯母さんだった。家に遊びに行って、雅夫が畳の上ででんぐり返りをすると、「マーちゃん、凄《すご》いねえ」と何度でも驚いてくれた。

「ねえ、伯母さん、何の病気？」雅夫が聞いた。

「子供は知らんでもええ」ハンドルを握る父が、すかさず言う。母は黙っていた。

病院に到着し、薬品の臭《にお》いのする廊下を歩き、病室に入ると、窓際のカーテンの奥のベッドに伯母さんが寝ていた。脇《わき》には伯父さんと恵子ちゃんと美子ちゃんもいた。

「広子ちゃんと雅夫君、よう来てくんさった。ありがとうねえ」伯父さんが目尻を下げて言った。二人の従姉妹も微笑《ほほえ》んでいる。会うなり姉と手を取り合った。

それより雅夫は、伯母さんの変わりように驚いた。お正月に会ったときは、まだ丸かった顔が、すっかり頰《ほお》がこけて別人のようになっている。

伯母さんが体を少し起こし、「来てくれてありがとう」と言う。その声がかすれて弱々しかった。ただ、表情だけは明るい。

「大きなったねえ。また背伸びた？」

雅夫は何も答えられなくなり、下を向いた。同じように姉も黙ってしまった。

「あんたら、外で遊んでりゃあ。恵子ちゃん、美子ちゃん、うちの子と遊んだって」

母がうながし、子供たち四人で病室をあとにする。「走ったらあかんぞ」父がささやき声で言った。

恵子ちゃんの先導で、子供たちだけでエレベーターに乗る。知らない大人も乗っていたが、恵子ちゃんと一緒なら怖くなかった。

外に出ると、恵子ちゃんはベンチに座り、布製の手提げから『明星』を取り出し、女の子たちでページをめくり始めた。三人ともグループ・サウンズのファンなのだ。ショーケンやジュリーの写真にキャアキャア騒いでいる。

「ねえ、だるまさんが転んだ、やろうよ」雅夫がせがむ。

「あんた一人でやっとりゃあ」姉が冷たく言った。

「マーちゃん、ちょっと待っとって。あとでやろ」

恵子ちゃんがやさしく言ってくれたので、雅夫はしばらく一人で遊ぶことにした。芝生の上の葉っぱを拾い、半分に折って口に付け、フーフーと吹く。恵子ちゃんみたいに鳴らせなかった。

「ねえ、恵子ちゃん。どの葉っぱでやればいいの」

雅夫が聞いても返事は帰って来ない。女三人でおしゃべりに夢中なのだ。

手持無沙汰《ぶさた》なので、雅夫も話の輪に加わった。

「これ、なんてグループ」雑誌の写真を指差す。

「雅夫は黙っとりゃあ」と姉。

「テンプターズ。ショーケンのおるバンド」恵子ちゃんが答えてくれた。

「あ、そうや。恵子ちゃん、トンカツ作れるの？　お母さんが言っとった」

「作れるよ、トンカツぐらい」

「うちのお姉ちゃん、お好み焼きも作れるよ」美子ちゃんが横から自慢した。「それから、うどんも作れるし、カレーも作れるし」

「うそ。カレーも作れるの」

　雅夫は驚いた。まるで大人だ。

「カレーは簡単やよ。味付けの必要があらへんし、材料入れて煮込むだけやもん。多めに作れば三日はもつし、週に一回は作っとる」

「ふうん」

「ねえねえ、わたしは、卵が割れるようになったよ」と美子ちゃん。美子ちゃんは甘えん坊だったが、伯母さんが入院してからはずいぶん変わった。

「お姉ちゃん、卵割れる？」雅夫が姉に聞いた。

「割れるに決まっとるやないの。出来んのはあんただけ」姉が小馬鹿にする。

「ぼくも出来ますう」腹が立ったので言い返した。

「じゃあ、明日の朝ごはんのときやってみい。出来んかったら罰金十円」

「いいよ」

「出来んくせに。儲《もう》かった。十円儲かった」

「さあ、だるまさん転んだ、やろうか」

恵子ちゃんがベンチから立ち上がった。みんなでついていく。芝生に入り、一本の木の下でジャンケンをした。雅夫が負けて鬼をすることになった。

「ねえ恵子ちゃん、ここの芝生、入っても怒られん？」

「大丈夫。看護婦さんも、ここでおやつ食べとる」

恵子ちゃんが一緒だと、いろいろと心強い。

四人でだるまさん転んだに興じた。遊びだすと、伯母さんの見舞いに来たことも忘れた。父と母が降りて来るまで、一時間以上も遊んだ。

帰りの車の中で、母は黙りこくっていた。うしろのシートで姉弟《きょうだい》喧嘩が始まると、「静かにしろ」と父が怒った。いつもなら母がとりなしてくれるが、そのときは窓の外を見て、ため息をつくばかりだった。

仕方がないので、姉も雅夫もおとなしくしていた。

母の提案で、自転車の補助輪を片方だけ外すことにした。こうすれば補助輪だけに頼らずに乗れて、バランスを崩したときは逆に頼れる。近所の自転車屋さんに持って行って、おじさんに外してもらった。

「そうか。マーちゃんはまだ自転車に乗れんか。それでは地球は救えんな」

おじさんはニヤニヤしながら、雅夫が胸に付けていた、ウルトラマンに出てくる科学特捜隊のオモチャのバッジをつついて言った。

補助輪が一本だけになった自転車は、ちょっと恰好よく見えた。早速神社に遊びに行くと、下川君と伊藤君も「このほうがええわ」と感心してくれた。

「一本やと怖くない？」と伊藤君。

「怖くないよ」

「そしたらもうすぐ乗れるわ」

雅夫は太鼓判を押された気になった。もっとも伊藤君の自転車で練習をすると、相変わらずふらつき、灯籠《とうろう》にぶつかったり、池に落ちそうになったりの繰り返しだった。だからすぐに飽《あ》きて、紙ヒコーキや境内のブランコで遊ぶこととなる。

「うちさあ、もうすぐお祖父ちゃんが死ぬらしい」

ブランコを漕ぎながら、下川君がびっくりするようなことを言った。

「なんで死ぬの」雅夫が聞く。

「この前、お父さんとお母さんが話しとるのを聞いた。去年から病気で入院しとったけど、そろそろ危ないらしいって」

下川君の家にお祖父ちゃんはいない。だから在所《ざいしょ》に住んでいるのだろう。

「どういう病気？」

「ガン」

「ガンって何？」

「知らんけど」

「ふうん」

雅夫はふと、千寿堂の伯母さんを病院に見舞ったときのことを思い出した。病気のことを聞いたら、父は「子供は知らんでもええ」と言った。伯母さんは別人のように痩せこけていた。

「お祖父ちゃんが死ぬと、お年玉もらえん」

「そうやな」

ブランコを漕いで靴飛ばしをやった。体の大きな下川君が一番遠くまで飛ばした。

## 4

千寿堂の伯母さんを病院に見舞ってから一週間ほど過ぎた夜、母に電話があった。雅夫の家に電話はない。だからはす向かいの新聞屋さんにかかってきて、呼び出しをしてもらうことになる。

階段の下から、祖母の「明子さん、電話。千寿堂の幸三さんから」という声が届き、ミシンを踏んでいた母はさっと顔色を変えた。

「はい。すぐに行きます」

立ち上がって前掛けを外し、鏡の前で髪を押さえ、急ぎ足で階段を降りて行った。

雅夫は、居間で宿題をしていた姉と顔を見合わせた。

「何の電話やろう」雅夫が聞く。いつもなら無視する姉が、表情を曇らせ、「たぶん恵子ちゃん家《ち》のお伯母さんのことやと思う」と答えた。

「わたし、お母さんから聞いたことあるけど、あの伯母さん、もう治らん病気なんやと。それで、寿命もあと少しらしいんやわ」

「ほんとに？」

「ほんと。雅夫君、ほかで言ったらあかんよ。わたしもお母さんに口止めされとったで」

「わかった」

「恵子ちゃんと美子ちゃんには絶対に言ったらあかんよ」姉がきつい口調で念を押す。

「うん、わかった」

雅夫はノートに漫画を描いていたが、その話を聞いたら手が動かなくなった。姉も頬杖をついて考え事をしている。

母は十分ほどして戻ってきた。雅夫たちとはあまり目を合わせず、「お母さん、これから病院に行ってくるわ。千寿堂の伯母さん、危ないらしいで」と言って、着替え始めた。その姿には、なにやらただならぬ気配があった。

「お父さんも会社から病院へ行くで、あんたらだけで布団敷いて寝とってね。帰りは何時かわからん。もしかしたら、朝起きたとき、お母さんがおらんかもしれんけど、自分たちだけで起きて、朝ごはん食べて、支度して、学校へ行ってちょうだい。ヒロちゃん、あんたお姉さんやで、マーちゃんを起こしたってね」

「わかった」姉が真面目《まじめ》な顔でうなずいた。

「マーちゃん、お姉ちゃんの言うこと聞いてね」

「うん、わかった」雅夫もしっかりうなずいた。

母は鏡の前で髪をとかし、手早く化粧をし、急いで出かけて行った。

雅夫は心臓がドキドキした。ノートと鉛筆を片付け、テレビを観ようとするが、目に入ってこない。

「雅夫君、銭湯行く？　今日は暑かったし、行くなら連れてったるよ」宿題を終えた姉が言った。

「どうしよう」

「どうしようって、自分で決めやあ」

「お金ある？」

「お祖母ちゃんにもらう」

「じゃあ行く」

姉はタンスの引き出しからタオルを二人分取り出すと、椅子《いす》を使って棚から金ダライを下ろし、銭湯へ行く支度をした。

「そしたら行こか。夜やで手をつないで行くよ。それに雅夫君、犬が怖いやろ。だからわたしの手、ちゃんと握っとらなあかんよ」

「うん」

下に降りて、祖母に銭湯に行くと言ったら、コーヒー牛乳代もくれた。玄関を出て、姉と手をつないで通りを歩く。

月が皓々《こうこう》と照っていた。生温《なまぬる》い風が顔を撫《な》でていった。遠くで犬が吠《ほ》えている。そのたびに姉の手をぎゅっと握った。姉と二人で銭湯に行くのは、これが初めてだった。


翌朝は七時に起こされた。起こしたのは姉ではなく、母だった。目を覚ますと、部屋には父もいた。母は出かけたときのままの服装で、父はパジャマに着替えていた。つい今しがた帰ってきたという感じだ。

「千寿堂の伯母さんね、あかんかったわ」母が小さい声で言った。

雅夫と姉は返事が出来なかった。

「ゆうべ、病院へ兄妹みんな駆けつけてね、在所の伯父さんも、材木町の伯父さんも、長良《ながら》の叔母さんも、みんな来たわ。千寿堂の伯母さん、最初は意識があったけど、そのうち目を開けとれんようになってね。お医者さんももうダメやって言って。眠るように亡くなったわ」

姉と二人で黙って聞いていた。何も言葉が見つからない。

「恵子ちゃんと美子ちゃん、伯父さんから聞かされて覚悟はしとったらしいけど、可哀《かわい》想《そう》やわねえ。二人で泣きじゃくっとった」

母は目が赤かった。

「おい、一時間だけ寝るで、起こしてくれよ。会社は遅刻や」父が自分の布団を敷いて言った。「ところで葬式はどうするんや。子供は連れてくんか」

「子供は中学生より上だけ。兄様《にいさま》が決めた。だから在所のキョウちゃんとタケシ君が出るんやないの」

「そうか。そのほうがええな」

「わたしもあんまり子供に見せたないで、そのほうがええわ」

「ああ、そうやな」

父は布団に横になると、タオルケットを腹にかけて目を閉じた。

雅夫と姉は一階に降りて、祖母の作った朝ごはんを食べた。祖母と祖父も元気がなく、二人でひそひそ話をしていた。

「まだ四十になっとらんのやよ」

「可哀想になあ」

その歳だとどうなのか、雅夫にはまるで想像がつかない。

学校も姉と二人で行った。姉はあまり口を利かなかった。

雅夫は依然として補助輪なしの自転車に乗れない。長梅雨《ながつゆ》で外に出られないせいだ。学校のプール開きも延期になって、体育の授業では縄跳びばかりしている。

補助輪を片方だけにして、せっかくいい感じをつかみかけてきたのに、三日も乗らないでいると、その感覚を忘れた。夏休みまでには、という目標も、達成はむずかしそうだ。

雨の日はいつも伊藤君の家で遊んだ。ウルトラ怪獣のビニール人形がたくさんあるし、漫画も揃《そろ》っているからだ。何より子供部屋がある。伊藤君の部屋で、三人は思い思いの格好で漫画に読み耽《ふけ》った。「あんたら静かでええわ」と、おばさんはいつも同じことを言う。

「あのなあ、うちのお父さん、どうして新しい自転車を買ってくれんか、やっとわかったぞ」

この日、伊藤君は探偵のような顔で打ち明け話をした。

「おれの自転車、親戚のお下がりやって言ったやろ。その親戚は本町に家があって、すぐ近くやで、伯父さんがようようちに来るんやわ。それで、もし新しい自転車に買い替えたら、せっかくあげたもんが気に入らんかったんかって、伯父さんが思うかもしれんで、それですぐには買い替えれんのやと」

「へー」雅夫と下川君は納得してうなずいた。なるほど、何事もちゃんと理由はあるものだ。

「仲のいい親戚ほど、気を遣わんとあかんのやと。お父さんが言っとった」

「うちもそういうことあるわ」下川君も思い当ることがあるようで、話をした。「お母さんの親戚に、子供がおらん叔母さんがおるけど、その叔母さんと在所で会うとき、お母さん、おれに言うもん。なんで子供がおらんか、絶対に聞いたらあかんよって」

「聞いたらあかんの？」と雅夫。

「そうらしい。人の気持ちを考えなさいって――」

「ふうん」

世の中はいろいろむずかしそうだ。伊藤君がまた言う。

「おれ、お父さんの話を聞いたら、あんまり腹が立たんようになったわ。うちのお父さん、三年生になったらちゃんと新しいの買ったるで、それまで我慢しろって言うし。そうやったら、おれも講釈言わんと、それまで待たなあかんなって――」

「ふうん」

「せっかくやで、おれ、あの自転車、大事に乗るわ」

「あはははは」

雅夫と下川君は大口を開けて笑った。

「だから西田君、練習は自分のでしてな」

「うん、わかった」

話が済むと、三人で漫画週刊誌を回し読みした。『少年サンデー』『少年マガジン』『少年キング』と三誌あるから、三人組だと何かと都合がいいのである。

早く梅雨が明けないものか。やっぱり外で遊びたい。

## 5

夏休みに入ったら、雅夫の毎日はプール通いが中心になった。午後一時に小学校に行って、二時半まで低学年用プールで遊んで、そのまま下川君や伊藤君と夕方まで校庭で遊ぶ。学校へは徒歩で行くのが決まりなので、自転車にはあまり乗っていなかった。雅夫の中で焦っていた気持ちが、なんとなく緩んだ。自然と乗れるようになるから――。

今はこの言葉に頼り切りだ。

そんな中、母の在所に行くことになった。毎年お盆は親戚が全員集まる。母は八人兄妹なので、いとこは二十人近くいた。赤ん坊から高校生までいる。いとこたちの多くはお盆をはさんで一週間近く泊まっていった。母の在所は農家だから家は広い。納屋も鶏小屋もある、近くには山があり、川があり、大きなお寺もあった。西瓜《すいか》は食べ放題、夜には庭で花火。雅夫にはこれこそが夏休みだった。

在所へ行く日、風呂敷に着替えを包みながら、母は何度も雅夫と姉に言い聞かせた。

「あのね、在所には恵子ちゃんと美子ちゃんも来るけど、あんたら、あの子らの前で『お母さん、お母さん』って甘えたらあかんよ」

「うん、わかった」

「ほんとにわかっとる？　雅夫君、お母さんのところに来ても、膝には載せたらんでね」

「もう載らんて。家でも載らんやん」

「広子ちゃんもわかっとる？」

「わかった」

母が真剣に言うので、姉も神妙な顔でうなずいた。

父が運転する車で出かけた。在所に着くと、父はたくさんの親戚に挨拶し、少しいただけで帰っていった。こうなると子供天国だ。

最初は久しぶりに会ういとこ同士、少しはにかんでいたが、すぐに緊張も解け、遊びが始まった。

一番に行くのはお寺だ。子供が五人がかりで手をつないでも輪を作れない巨木があって、そこでだるまさん転んだをやるのが手始めだ。

雅夫はついでに自転車の練習もしたかったので、在所の納屋にあった子供用自転車を借りて引いて行った。古びたポンコツなので、練習にはちょうどいい。油が足りないのか、動かすとキーキー音がした。

いとこたちのリーダーは恵子ちゃんだった。恵子ちゃんが仕切ったり、仲裁したりして、みんなでにぎやかに遊ぶ。

だるまさん転んだが一段落したところで、雅夫は恵子ちゃんに自転車の練習を手伝って欲しいと頼んだ。サドルの位置が高かったので、足がちゃんとつかず、誰かにうしろで持っていてもらわないと漕ぎ出せないのだ。

「うん、いいわよ」恵子ちゃんはやさしく応じてくれた。

姉と美子ちゃんもそばで見守った。

「雅夫君、肩に力が入り過ぎ。もっと力を抜いて」

「背筋を伸ばして。そうそう、重心を腰に乗せる感じ」

恵子ちゃんは先生みたいだった。さすが六年生は頼りになる。

十分ほど練習を続けたところで、恵子ちゃんが高らかに言った。

「わかった。雅夫君の欠点がわかった」

『ものしり博士』のケペル先生のように、右の拳《こぶし》を左のてのひらに打ち付けている。

「あのね、雅夫君。すぐ下を向くからあかんの。もっと遠くを見るの。やってみて」

雅夫はその通りやってみることにした。遠くを見る。そして肩の力を抜き、背筋を伸ばして漕ぎ出す。

自転車はするすると進んだ。「凄い、凄い。そのまま漕いで、漕いで」恵子ちゃんが小走りについてくる。

「下を向いたらあかんよ。そのまま真正面を見て」

自転車はふらつかなかった。どんどん加速する。石の段差があったが、ものともせず、乗り越えた。「やった、やった。乗れた、乗れた」恵子ちゃんの声が背中に降りかかる。

境内の端まで行き、ブレーキをかけて止まった。雅夫は初めての経験に興奮した。とうとう自転車に乗れた。

「凄いねえ、雅夫君。すぐに乗れたやないの。やっぱ運動神経がええからやわ」

恵子ちゃんが大袈裟《おおげさ》に褒めてくれる。姉と美子ちゃんも「凄い、凄い」と笑顔で驚いていた。

「わたし今、絵を習っとるけど、何でも一人でやるより先生に習ったほうが近道なんやよ」

「へえー」

「自転車の練習だって、わたし、自分が教わったときのこと思い出して、それを雅夫君に教えただけやもん」

「ふうん」雅夫は何気なく聞いた。「恵子ちゃんは誰に教わったの？」

恵子ちゃんが黙った。表情がさっと硬くなり、少し間を置いて、「お母さん」と答えた。語尾が少し震えていた。雅夫は返事が出来なくなり、黙った。

それから五秒ぐらいして、美子ちゃんが声を上げて泣き出した。

恵子ちゃんがすかさず言った。「美子、泣いたらあかんて。お姉ちゃんと約束したやないの」

そう言い終わらないうちに、姉も泣き出した。

「どうしたの、広子ちゃんまで、泣いたらあかんて」

つられて雅夫も泣いた。三人揃って、わんわん泣いている。

「あかんやないの、泣いたら」

恵子ちゃんは何かをこらえるように歯を食いしばり、立ち尽くしていた。

子供たちの泣き声は、蟬《せみ》との合唱になって、しばらく境内の森の中に響いた。

# 四本のラケット

佐川 光晴

佐川 光晴
さがわ・みつはる

1965年東京都生まれ。北海道大学卒業。2000年「生活の設計」で新潮新人賞を受賞しデビュー。02年『縮んだ愛』で野間文芸新人賞、10年『おれのおばさん』で坪田譲治文学賞を受賞。著書に『家族芝居』『ぼくたちは大人になる』『牛を屠る』『おれたちの青空』など。

# 1

給食をなかなか食べ終わらない女子がひとりいたため、あと片付けに時間がかかり、ぼくは大急ぎでテニスコートに向かった。一年三組の教室がある四階から一階まで階段をかけおり、昇降口を出てグラウンドに目をやると、テニス部の一年生たちが道具小屋の前にかたまっているのが見えた。

「太二《たいじ》、遅せえよ」

みんなより頭ひとつ背の高い武藤に呼ばれて、道具小屋へとダッシュしながら、ぼくはグーを出そうか、パーを出そうか悩んでいた。きのう、おとといとグーで助かっていたから、みんなそろそろパーを出そうと考えているかもしれない。いや、そうはいっても、やっぱりグーがつづく気がする。

朝練で荒れたコートを、昼休み中にブラシで均《なら》すのは一年生の役目だった。ただし、二十四人全員でする必要はないので、グーパーじゃんけんの一発勝負で人数の少ない側になった者たちが四面あるコートの整備に当たる。同数の場合は、前日に負けた手を出した側が負けになる。

「一中の男子テニス部に代々受け継がれてきた伝統だからな。誰かがひとりでやることになったとしても、手伝ったりするなよ」

四月半ばに二年生の中田さんから言われたときに、グーパーじゃんけんだと結果がかたよって不公平になるのではと、ぼくは心配になった。

「まあ、やってみな。おもしろいもんで、案外公平にいくから。いろんなメンバーでコート整備をするようになって、自然にチームワークもよくなるしな。毎日自分がやるものだと思って、助かったらラッキーくらいに考えておくのが無難だけど、本気で読みを入れて勝負するのもおもしろいぜ。ただし、陰で相談をして、誰かひとりをハメるのは絶対になしだぞ。わかったな」

今はキャプテンになっている中田さんは、いかつい顔に似合わず気が利く人らしく、こちらの懸念をあらかじめ打ち消してくれたのはありがたかった。さらに、いくら伝統だといっても、じゃんけんのせいで人間関係が悪くなっては意味がない。そのときは当番制に切りかえてやるから、遠慮なく言いに来いとフォローまでしてくれたが、ぼくは翌日から昼休みのじゃんけんが気になってしかたがなかった。

もっとも、中田さんが言ったとおり、たいていは十四人対十人くらいの結果に落ちついて、自分が少ないほうに入ったときでも余裕をもってコート整備をすることができた。一度だけ、グーが二人になったことがあり、ぼくもそのうちのひとりだった。勝負の結果を嘆いている暇などなく、二人ともが左右の手に一本ずつブラシを持って無言でコートを掃いてまわった。昼休みの終わりを告げるチャイムが鳴ったときにも、まだ半面が手つかずで残っていて、大急ぎでブラシをかけて教室にかけこんだあとはしばらく汗がひかなかった。

ひとりになったら、絶対に時間内には終わらない。そのときそう思ったが、さいわい十月半ばの今日まで、二十二人対二人というのが最大のかたよりだった。でも、そろそろ、グーかパーがひとりだけということになるかもしれない。

「おい、末永。早く来いよ」

ぼくがみんなの輪に入りかけたときに武藤が怒鳴って、ふりかえると末永が昇降口から出てきたところだった。長髪を、トレードマークのヘアーバンドでまとめた末永が、長い手足を振って一気に迫ってくる。

「太二、パーな」

武藤は小声で言うと、そっぽを向いた。今まで一度もなかったことだが、みんながなにをしようとしているのかはわかった。やめたほうがいいよ、という言葉が口から出かかったときに末永が到着した。

「悪い悪い。給食のあと、腹が痛くなってさ」と遅れた言いわけをする末永を尻目に、

「グーパー、じゃん」とみんなが声を出した。

「あっ」

自分だけがグーだとわかり、末永がしゃがみこんだ。うなだれた顔にかかった髪のすきまから、尖《とが》らせた口が見えた。

「すげえ偶然だな。おい、末永。手伝ってやりたいのは山々だけど、よけいなことをしたら先輩たちに怒られるからよ」

武藤は早口で言うと、さあ行こうぜというように右腕を振った。ぼくは残って末永と一緒にブラシをかけようかと思ったが、久保に肩を叩《たた》かれて、みんなにまざって小走りで校舎にもどった。

たまたま末永が遅れたのにかこつけて、武藤が罠《わな》をしかけたのだろう。もしも末永と同時に到着していたら、みんながパーを出すとおしえてもらえず、ぼくもグーを出していたかもしれない。ぎりぎりセーフと安堵《あんど》するのと同時に、末永がキャプテンの中田さんか顧問の浅井先生に訴えたらたいへんだと不安がよぎった。

中田さんはふだんはおだやかだが、一度怒ると簡単には相手を許さなかった。夏休み

の練習で、二年生の野口さんが日陰でサボっていたときには、自分も一緒にやるからと素振り二百回を命じて、二人そろって熱中症になりかけた。あらかじめ注意されていたのに、末永ひとりをハメたことがばれたら、どんな罰を与えられるかわからない。

　こんなことなら武藤の言いなりになるんじゃなかったと、ぼくは後悔していた。だけど、勘違いしたふりをしてグーを出していたとしても、自分だけ良い子になりやがってと、みんなの反感を買っていただろう。

　久保が武藤についたのも、ぼくにはショックだった。久保は小学一年生からの友達で、超がつくほどまじめなやつだ。そのぶん駆け引きが苦手で、試合では肝心なところで相手に裏をかかれる。グーパーじゃんけんでもよく負けて、三回に二回はコート整備をしていた。だから、というわけでもないが、ぼくは久保ならこういうときは絶対にとめる側にまわると思っていた。

　末永は札幌の小学校を卒業して、四月初めに埼玉県に引っ越してきた。北海道内では敵なしだったということで、百七十五センチをこえる長身から放たれるサーブはかなりの威力だった。武藤と共に来年のレギュラーは確実と言われていたが、ライバル心がこうじて、二人はほとんど口をきかなかった。ぼくはダブルスでのパートナーということもあり、末永と普通につきあっていた。

　ただし、末永はイージーミスが多かったし、審判に不利な判定をされるとすぐに不貞《ふて》腐《くさ》れる。練習態度もいいとは言えず、ぼくを含めたテニス部の一年生は、多かれ少なかれ末永に不満を感じていた。だから、武藤が中心になってハメたのはたしかに行きすぎだが、末永にまったく非がないわけでもなかった。

そうはいっても、ひとりで四面のコートにブラシをかけるのはたいへんだろう。末永の性格からすると、途中で投げ出さないともかぎらない。それをきっかけに末永が退部したら、後味の悪いことになってしまう。でもその場合、今の実力からすれば、ぼくは来年シングルスの選手としても試合に出られる。

昼休みの終わり近く、汗ばんだ手を洗おうと廊下に出て、四階の窓からグラウンドに目をやると、末永はまだテニスコートにブラシをかけていた。かなりがんばったらしく、残りは半面だったが、そこで昼休みの終了をしらせるチャイムが鳴り出した。両手にブラシを持った末永は前かがみになって最後の力をふりしぼり、コートの端にたどり着くなり地面に膝《ひざ》をついた。

末永は放課後の練習にいつもどおり参加したので、ぼくは胸を撫《な》で下ろした。今回は大ごとにならずにすんだが、昼休みのじゃんけんがあるかぎり、こうした問題はくりかえされるのだと思うと気が重かった。なにより、武藤の言いなりになってしまった自分が情けなかった。

練習にも集中できず、六時半すぎに校門を出て、いつものように久保と並んで帰り道を歩いたが、一小の角で別れるまで二人とも口をきかなかった。こんなことは初めてで、どうにかしなければと思いながら、ぼくは日の暮れた道を歩いて家に帰った。

2

「おう太二、おかえり。今夜は麻婆豆腐《マーボー》だ」

家に帰ると、父がキッチンで夕食のしたくをしていた。

「うん、ただいま」

看護師の母が夜勤の日は父が家事をする。きょうがそうだったことを思い出し、ぼくは二階にあがって制服を脱いだ。

父が働く豆腐店は、ニュータウン内の商店街にあった。家からは自転車で十分足らずだが、父は毎朝四時前に出かけていく。そのぶん帰りは早くて、午後四時すぎには家にもどってくる。そして洗濯物を取り込み、週に一、二度、母にかわって夕食をつくってくれるのだが、去年の四月に豆腐店で働きだしたばかりのころは、慣れない仕事に疲れきって、とても家事どころではなかった。

ぼくが物心ついたころ、父はサラリーマンだった。背広にネクタイをしめて、電車で東京の会社に通勤していた。母は専業主婦で、土曜日に家族四人でテニススクールに通うのが楽しみだった。

ぼくがテニスを始めたのは小学一年生の春だった。四つ上の姉が一年前からテニススクールに通いだし、土曜日の朝に父と二人でラケットを持って練習に向かう姿がうらやましくて、ぼくはそのたびに地団駄を踏んだ。

「太二には、まだ無理よ。お部屋で上手に打てるようになったら、あなたもやらせてあげるから」

いくら母になだめられても我慢できずに、ぼくは泣きじゃくった。そのくせオモチャのラケットも満足に振れず、スポンジのボールを狙《ねら》った場所に打ち返すことなどできはしない。まぐれで当たっても、フルスイングをしているので、ボールが食器棚やガラス窓を直撃してしまう。

「太二は、テニスよりも野球がむいてるんじゃないかしら。ほら、野球なら、バットでボールを打って、どんなに遠くまで飛ばしてもいいのよ」

母のアドバイスにも耳を貸さず、ぼくはしつこくラケットを振り回した。いくらスポンジのボールとはいえ、母がよく文句を言わなかったと思う。普通の親なら、家の中でテニスをすることなど許さないだろう。

「野球なんかいやだ。ぼくも、お姉ちゃんやおとうさんと一緒のコートでテニスをしたいんだもん」

「そうよね。本当を言うと、おかあさんだってテニスをしたいのよ。こう見えても、テニスはおとうさんよりもおかあさんのほうがうまいんだから」

母は得意気に胸を張ったが、その言葉にうそはなかった。一年後に四人そろってテニススクールに通うようになると、大学でラグビーをしていた父のスイングは我流の力まかせなのに対して、母はフォアハンドもバックハンドもきれいに振りぬき、コーチから褒められた。ぼくも母をまねてラケットを振ったが、子供用でも硬式のラケットは重くて、二時間の練習を終えたあとは肘《ひじ》や手首が痛かった。

最初に音をあげたのは姉だった。小五の秋の大会で、試合中に肘を痛めて棄権した。病院で診てもらうと、腱《けん》が炎症をおこしているという。しばらくはラケットを持たないほうがいいと言われて、中学受験に向けての塾通いが始まっていたこともあり、姉はそのままテニスをやめてしまった。

つづいてリタイアしたのは父だった。姉がやめて半年後にギックリ腰になり、父はコルセットが欠かせなくなった。会社で一日中パソコンに向かっているのも腰には負担らしく、土日のあいだ父はほとんど寝たきりで、テニスどころではなくなった。

悪いことは重なるもので、さらに母方の祖父が体調を崩した。母は週末のたびに片道二時間以上をかけて宇都宮《うつのみや》まで見舞いに行くことになり、やはりテニスどころではなくなった。つまり家族四人でテニスができたのは、ぼくが小学一年生の四月から秋までの、ほんの半年間だけだった。

その後も、ぼくはひとりでテニススクールに通いつづけた。身長は低いが、母仕込みのスイングと父ゆずりのスタミナのおかげで、地区大会の個人戦でベスト4に入るくらいの力はついていた。隣の小学校にいた武藤ともよく試合で当たったが、そのころの対戦成績はほぼ互角だった。ダブルスでは久保と組み、優勝したこともある。

父が早期退職者の募集に応じて会社を辞めたのは、ぼくが小学四年生の三月だった。その前の十一月頃から夜中に父と母が話し合う声が聞こえてきて、なにか深刻な問題が起きているらしいと、ぼくはひそかに心配していた。

ぼくの部屋の真下がキッチンのテーブルなので、床を通して両親の話し声が聞こえてしまう。十二月になると毎晩のように話し声が聞こえて、ぼくはまたかとうんざりしながら聞くともなく聞いていたが、姉まで加わって三人で話しだしたときは思わず床板に耳をつけた。

その晩の話題は姉の進路だった。父が会社を辞めれば家計は苦しくなるが、難関を突破して入学した中高一貫校でもあり、このまま高校にあがらせるつもりでいる。ただし、看護師の資格を持つ母が仕事に出るようになるし、生活費も切り詰めなければならない。そのあたりのことは理解してほしいと話す父の低い声が、床板を通してぼくの鼓膜を震わせた。

姉はこれまでどおり東京の私学に通えることに安心しながらも、不況のあおりで退学していった友達がいたと不安を口にした。

「この家を手放すようなことにはならないから、そう心配するな」

「でも、お父さんは次の仕事が決まるまで、お給料が入らないんでしょう」

「退職金がそうとう出るし、おかあさんも働くから、当座の生活には困らないって言っただろう」

「でも」

「いいか、弓子。おまえはまだ中学生なんだし、しばらくは黙って親のやることを見ていなさい」

父はめずらしく強い語気で語り、そこで話は終わったようだった。ぼくに説明があったのは一月末で、四月から父は宅配便の配達員になり、母は市民病院で働くという。

「家の中がわたわたすると思うけど、しっかり頼むぞ。テニスも勉強もがんばれよ」

「うん、わかった」

そう答えながら、これで中学受験はしなくてよくなったと、ぼくはひそかに喜んだ。地元の一中には市内で唯一硬式テニス部があり、しかも毎年県大会に出場している強豪校だった。希望者全員を入部させていたのでは練習にならないため、セレクションで二十四人に絞り込むというが、ぼくは選ばれるだけの自信があった。

予想外だったのは、小学校の同級生のうち、三割以上もが私立中学に進んだことだ。久保が受験をしないのは知っていたが、どこのうちもけっこう裕福なんだなと、ほんの少しだけやっかむ気持ちがわいた。

父は腰痛に耐えながら宅配便の仕事を一年間つづけたあと、豆腐屋になると言いだした。ちょくちょく買物に行っていたニュータウンの商店街で、豆腐店の主人から後継ぎもいないので一年後には店をたたむつもりでいると聞き、その場で弟子入りを志願したという。

豆腐店の主人である小日向《こひなた》さんは面食らい、四十二歳ではとても無理だと断わられた。しかし父はあきらめず、仕事の合間を見つけては、弟子入りをお願いしに行った。あまりの熱心さに小日向さんも折れて、実はお客さんからも店を閉めないでほしいと言われていたのだと打ち明けて、父の願いを聞き入れてくれたという。

「誰がなんと言おうと、おとうさんは豆腐をつくれるようになってみせるからな」

久しぶりに家族四人がそろった夕食の席で父がとつぜん宣言をして、母も初めて聞く話だったらしく、両手を胸に当てて、目を丸くした。

「細かい条件はおいおい詰めていくけれど、最初の一、二年はアルバイトとして雇ってもらう。小日向さんと一緒に働きながら豆腐のつくり方をおぼえて、一人前になったところで、おとうさんがあの店を引き継ぐ」

「だって、おとうさんは料理なんてしたことがないでしょ」と母がおそるおそる口をはさんだ。

「たしかにそうだ。しかし、きっとできるよ。いや、絶対に豆腐をつくれるようになってみせる」

母と姉は顔を見合わせていたが、ぼくは父をかっこいいと思った。大学までラグビー部だったので体格はがっしりしているし、なにより豆腐屋になりたいと宣言した父は溌《はつ》剌《らつ》としていた。

「心配だろうけど、まあ見ていてくれ。おとうさんは、この年になってようやく、一生つづけたいと思える仕事が見つかって、うれしくてしかたがないんだ」

その言葉を聞いて、ぼくは父が前の会社をあまり好きではなかったのだとわかった。

父は言葉にたがわず、豆腐づくりに全力で取り組んだ。腕に火傷《やけど》をするのはしょっちゅうだったし、慣れない水仕事で手にあかぎれをつくりながらも、楽しくてしかたがないようだった。

サラリーマンのときは、仕事のことなんてなにも話してくれなかったのに、父は晩ご飯のときなどに、豆腐づくりについてあれこれ語った。材料は、国産大豆と天然のにがりだけで、消泡剤は使わない。そのため大豆を煮るときに泡が立ちやすく、吹きこぼれないように火加減を調節するのが難しい。また、にがりを打つタイミングで豆腐のできはまるで変わってしまう。気温や湿度の違いも考えに入れなければならず、一年三百六十五日、同じ味の豆腐をつくりつづけるのは本当にたいへんなことだ。大豆をつくる農家は減る一方だし、良質の豆を手に入れるためには農業のありかたについても考えていかなければならない等々、父の豆腐に関する話は尽きることがなかった。

「太二、どうした。早くこいよ」

父に呼ばれて階段をおりていくと、テーブルに晩ご飯が並んでいた。真ん中に麻婆豆腐をよそった大皿があり、隣の皿には中華サラダと、おからをのせたトマトのスライス。味噌汁《みそしる》はシジミで、刻んだ万能ネギまで振ってあった。

「よし、食うぞ。腹が減って、もう我慢ができん。いただきます」

ぼくがテーブルにつくなり父はレンゲで麻婆豆腐をすくい、猛烈な勢いで食べだした。丸一日働いたあとなので、とにかくお腹が空《す》くらしい。もともと筋肉質だった身体がさらにたくましくなったように見えて、なかなか筋肉がつかないぼくは父がうらやましかった。もっとも、父も子供のころはクラスで一番小さいくらいで、背が伸びたのは高校生になってからだという。

「どうした、食わないのか？　うまいぞ、奮発して黒豚の挽肉を使ったからな。しかも豆腐は、おとうさんがつくった特選木綿豆腐だ」

修業を始めて一年半が過ぎ、父はかなりの手応えを感じているようだった。このところ父の豆腐は一段とおいしくなっていたし、料理の腕まであがって、今夜の麻婆豆腐はこれまでで最高の味だった。

「うん、うまい」と答えたとたん、ぼくは悲しくなって顔を伏せた。

「おい、どうした？」と訊《き》かれても返事ができず、ぼくはトレーナーの袖で涙をふいた。

「部活かクラスで、なにかうまくいかないことでもあるのか？」

「あるけど、大丈夫。自分たちでどうにかするから」

「そうか」

「うん。言っとくけど、おれがいじめられているわけじゃないからね」

かえって心配させてしまう言い方だったと気づいて顔をあげると、父はそれ以上はなにも訊かず、黙ってご飯をかきこんだ。

「よし、ごちそうさま。悪いが、おとうさんは風呂に入って、そのまま休むぞ。一時間もすれば弓子が帰ってくるだろう。あいつも勉強で疲れているはずだから、おまえが料理を温め直してやってくれ。あと、冷蔵庫にエクレアが入ってるから、食べたければ食べろ」

毎朝三時半に起きる父は、午後九時には寝てしまう。以前は夜中に酔って帰ってくることもあったのに、このところは健康そのものの生活で、そうでなければおいしい豆腐はつくれないとのことだった。

高校二年生になった姉は、授業が終わったあとに、学校の近くの図書館で勉強をしてから帰ってくる。帰宅は九時すぎで、いつも父とはすれ違いだった。塾に行けないぶんを自力でおぎなおうとしているのだろうが、姉は父を避けているようにも見えた。もっとも、母とはよく話をしているらしい。

「ねえ、おとうさん」と、風呂場に向かおうとする父にぼくは言った。

「なんだ、どうした」

「このところ、腰はいいの？」

「良くもないが、悪くもない。今、ギックリ腰をやるわけにはいかないからな。準備体操は念入りにしているし、適度に動かしているほうが身体にはいいみたいだ。なんだ、おまえ、腰が痛いのか？」

「いや、そうじゃなくて」とぼくがためらっていると、父は息を吐いて椅子《いす》にすわった。

「そうだな。豆腐屋になると決めてから、自分の仕事のことばかり考えていたからな」

父は独りごとのようにつぶやき、テーブルのうえで両手をかさねた。冷たい水に当たりつづけるせいで、父の手は普段でも白くむくんでいた。

「頼みごとがあるなら、遠慮しないでいいぞ。なんだ、新しいラケットかシューズでも欲しいのか？」

「いや、そうじゃなくて、いつかまた家族四人でテニスをしたいと思ってさ」

ぼくが言うと、父は小さく何度も頷《うなず》いた。

「おとうさんたちのラケットも、とってあるんでしょ？」

「ああ、ちゃんと押入れにしまってある。おまえが小学生の時に使っていたラケットも一緒に、四本まとめてとってある。でも、使う前にガットを張り替えないとな」

「それなら良かった。呼びとめてごめん、明日も早いんでしょ」

「ああ、さっさと風呂に入らないとな」

そう答えながらも、なかなか椅子を立とうとしない父の前で、ぼくは麻婆豆腐をたらふく食べた。

3

父の麻婆豆腐でお腹《なか》はいっぱいになったものの、グーパーじゃんけんを終わらせるアイディアは浮かばなかった。テニス部の連絡網はわたされていたので、いっそのこと中田さんに話してしまおうと、ぼくは携帯電話を開いた。

しかし、キャプテンに直談判《じかだんぱん》して当番制に変えてもらったとしても、それなら誰がチクったのだろうと、一年生部員のあいだに不信感が生まれてしまう。やはり自分たちで解決するしかないと覚悟を決めて携帯電話を閉じたが、どうすればいいのかはわからなかった。

神様、雨を降らせて、明日の朝練を中止にしてください。寝る前に三度も祈ったのに、目覚まし時計に起こされて雨戸を開けると、空はよく晴れていた。一階では母が朝ご飯のしたくをしていて、父は母が帰ってくる前に仕事に行ったという。

「学校でなにかあったの？　おとうさんがメールをくれて、太二のことを心配していたから、おかあさんはやびけしてきたのよ」

夜勤のときは午前八時で交替だったと思い出し、ぼくは母にあやまった。

「心配させてごめん。でも、なんでもないんだ。おかあさんは、きょうは休み？」

「夜勤明けだから、あさっての朝まで家にいるわよ」

「そうなんだ」

と答えながら、今日の晩ご飯のときには両親がそろっているのだと思うと、やるだけのことはやってやろうと気合いが入った。母がつくってくれたベーコンエッグと納豆の朝ご飯を食べて、ぼくはラケットを背負い、かけ足で学校に向かった。

朝練では、一年生対二年生の対抗戦をする。シングルマッチで一ゲームを取ったほうの勝ち。四面のコートに分かれて、合計二十四試合をして、白星の多い学年はそのままコートで練習をつづける。負けた学年は球拾いと声出しにまわる。

力試しにはもってこいだが、二年生との実力差は大きくて、これまで一年生が勝ち越したことは一度もなかった。武藤と末永は勝率五割をキープしていたが、ぼくは三回に一度勝てるかどうか。ただし、粘りに粘って中田さんから金星をあげたことがある。誰が相手であれ、きのうからのもやもやを一掃するためにも、今日はどうしても二年生に勝ちたかった。

ところが、やる気とは裏腹に、ぼくは一ポイントも取れずに負けてしまった。別のコートで戦う武藤や末永もサーブがまるで決まらず、ダブルフォールトを連発して自滅。久保も、ほかの一年生たちも、手も足も出ないまま二年生に打ち負かされて、これまでにない早さで勝負がついた。

「どうした一年。だらしがねえぞ」

キャプテンの中田さんに命じられて、ぼくたちは朝からグラウンドを走らされた。いつも先頭を切っているので、みんなの姿を見ずに走るのは慣れていたが、今日だけは武藤や末永や久保がどんな顔でついて来ているのか、気になってしかたがなかった。

誰もが、きのう末永をハメたことを後悔しているのだ。足を止めて、一年生全員で話し合いをして、昼休みのコート整備を当番制に変えてもらうようにキャプテンに頼もうと言いたかったが、ぼくは思い切れないままグラウンドを走りつづけた。

「よし、ラスト一周。ダッシュでまわってこい」

中田さんの声を合図に全力疾走となり、ぼくは先頭を守ったまま、テニスコートの前まで走りきった。

「ボールは片付けておいたからな。昼休みのコート整備はちゃんとやれよ」

八時二十分を過ぎていたので、ネットの向こうは登校する生徒たちでいっぱいだった。武藤に、間違っても今日はやるなよと一声かけておきたかったが、息が切れて、とても口をきくどころではなかった。

ラケットを持って一年三組の教室へと階段をのぼりながら、ぼくは武藤と話さなくてよかったと思った。ぼくが武藤を呼びとめていたら、ほかの一年生はぼくたちがなにを話しているのかと、気になってしかたがなかったはずだ。武藤ではなく、久保か末永を呼びとめていても同じ不安が広がったにちがいない。冷静に考えれば、きのうのことは一度きりの悪だくみとして終わらせるしかないわけだが、疑いだせばきりがないのも事実だった。

もしかすると、みんなは今日も末永をハメようとしていて、自分だけがそれを知らされていないのかもしれない。もしかすると、きのうの仕返しに、末永がなにかしかけようとしているのかもしれない。もしかすると、二、三人の仲の良い者どうしで申し合せて、たとえ負けてもひとりにはならないように安全策をこうじているのかもしれない。

きのうの夜には考えつかなかった可能性がつぎつぎ頭に浮かび、これは思っている以上に厄介《やっかい》だと、ぼくは頭を悩ませた。

やはり中田さんに打ち明けるしかない。そう思ったが、それを思いとどまったのは、きのうから今日にかけて、一番きつい思いをしているのは末永だと気づいたからだ。末永以外の一年生部員二十三人は、自分が加担した悪だくみのツケとして不安におちいっているにすぎない。それに対して末永は、今日もまたハメられるかもしれないという恐れをかかえながら朝練に出てきたにちがいない。最終的に中田さんに頼むとしても、まずはみんなで末永にあやまり、そのうえで相談するのが筋だろう。

そう結論したのは、三時間目の終わりだった。おかげで社会の授業はまるで耳に入らなかったが、ようやく自分のするべきことに納得がいき、トイレに行こうと廊下に出ると武藤がこっちに歩いてくる。ただし、顔をうつむかせて、ぼくには気づいていなかった。

「よお」

「おっ、おお」

武藤はおどろき、気弱げな笑顔を浮かべた。そんな武藤は見たことがなかったので、休み時間に顧問の浅井先生から注意を受けたのではないかとぼくは思った。

浅井先生は、末永がいる一年一組のクラス担任だった。末永が、たぶん武藤が中心になって自分をハメたと思うと訴えて、先生は武藤に事実確認を求めたのだ。それなら、昼休みにテニスコートに集まったところで、浅井先生から話があるだろう。たっぷり怒られるにちがいないが、それでケリがつくならかまわなかった。

四時間目の授業が終わり、ぼくはテニスコートに向かった。しかし、集まったのは一年生だけで、浅井先生の姿はなかった。ぼくは落胆するのと同時に自分の甘さに腹が立った。

いつものように二十四人で輪をつくったが、誰の顔も緊張で青ざめていた。末永にいたっては、歯をくいしばりすぎて、こめかみとあごがぴくぴく動いている。ヘアーバンドが斜めになっているのも気づかないほどで、ぼくは今更ながら、末永に悪いことをしたと反省した。

しかし、こんな状況で口を開き、きのうはハメて悪かったと末永にあやまったら、どんな展開になるかわからない。武藤をはじめとするみんなからは、よけいなことを言いやがってと恨まれて、末永だって怒りのやり場に困るだろう。

だから、一番いいのは、このまま普通にグーパーじゃんけんをすることだった。うまく分かれてくれればいいが、偶然、グーかパーがひとりになる可能性だってある。ハメるつもりがないのに、末永がまたひとりになってしまったら、事態はこじれて収拾がつかなくなる。

　みんなは青ざめた顔のまま、じゃんけんに移ろうとしていた。どうか、グーとパーが均等に分かれてほしい。

　こぶしを顔の横に持ってきたとき、ぼくの頭に父の姿が浮かんだ。一緒にテニススクールに通っていたころ、父は試合で会心のショットを決めると、応援しているぼくたちに向かってポーズをとった。ぼくや母も、同じポーズで父にこたえた。

「グーパー、じゃん」

　掛け声に合わせて手を振りおろしたぼくはチョキを出していた。本当はVサインのつもりだったが、この状況ではどうしたってチョキにしか見えない。ぼく以外はパーが十五人でグーが八人。末永はパーで、武藤と久保はグーを出していた。

　ぼくが顔をあげると、向かいにいた久保と目が合った。

「太二、わかったよ。おれもチョキにするわ」

　久保はそう言ってグーからチョキにかえると、尖らせた口から息を吐いた。

「なあ、武藤。グーパーはもうやめよう」

　久保に言われて、武藤はくちびるを隠すように口を結び、何度も小さく頷いた。そして、武藤は握っていたこぶしから人差し指と中指を伸ばすと、ぼくに向かってその手を突き出した。

武藤からのVサインを受けて、ぼくは末永にVサインを送った。末永は自分の手のひらを見つめながらパーをチョキに変えて、輪の中に差し出した。

「明日からのコート整備をどうするかは、放課後の練習のあとで決めよう。時間もないし、今日はチョキがブラシをかけるよ」

そう言って、ぼくが道具小屋に向かってかけだすと、何人かの足音がつづいた。ブラシを取ったところで振り返ると、久保と武藤と末永のあとにも四人がかけてきて、ぼくは八本あるブラシを一本ずつ手わたした。

コート整備をするあいだ、誰も口をきかなかった。ぼくの横には久保がいて、ブラシとブラシが離れないように歩幅を合わせて歩いていると、きのうからのわだかまりが消えていく気がした。

隣のコートでは武藤と末永が並び、百八十センチ近い長身の二人は大股でブラシを引いていく。コートの端までくると、内側の武藤が歩幅を狭くしてきれいな弧を描き、直線にもどれば二人ともがまた大股になってブラシを引いていく。

きっと、ぼくたちはこれまでよりもずっと強くなるだろう。個人戦はもちろん、ダブルスでも、そしてチーム全体としても、とても強くなれるはずだ。

ぼくはいつか、テニス部のみんなに、父の豆腐を食べさせてやりたいと思った。つづいて、一中のコートで、家族四人でテニスをしたいと思い、押入れにしまってある四本のラケットのことを考えた。ぼくはブラシを引きながら、胸の中で父と母と姉に向かってＶサインを送った。

# さよなら、ミネオ

中村 航

中村 航
なかむら・こう

1969年岐阜県生まれ。芝浦工業大学卒業。2002年「リレキショ」で文藝賞を受賞しデビュー。04年『ぐるぐるまわるすべり台』で野間文芸新人賞を受賞。05年に上梓した『100回泣くこと』がベストセラーに。著書に『夏休み』『僕の好きな人が、よく眠れますように』『あのとき始まったことのすべて』『星に願いを、月に祈りを』など。ナカムラコウ名義で『初恋ネコ』シリーズなど児童書も執筆。

「急ごうよ！」

切羽つまった様子でミネオは言った。

「この部屋はあと三分で爆発しちゃうんだ。早く、今すぐ、ここから逃げなきゃ」

「んー？」

と、僕は返した。ナニイッテンダ、コイツハ……。

「なんで？　そんなことが突然起こるなんて、ちょっと信じられないんだけど」

「いや、とにかくこの部屋はもうすぐ爆発するんだよ。ここにいたら、ボクたち二人とも木《こ》っ端《ぱ》微塵《みじん》だよ。粉々でバラバラでずどーんだよ！」

「ずどーんって……、けどまあ、それならそれで構わないし」

「え、どういうこと？」

「仮に、本当に爆発するんだとしても、逃げる必要性を感じないってこと」

「ダメだよ！　何言ってんだよ！」

「うーん、そんなにダメかなあ」

「ダメだよ！　ボクは木っ端微塵になるのはゴメンだし、君にも粉々になってほしくない。絶対にダメだよ！」

「んー、……じゃあ、それはわかった。でもさ、なぜこんなにも突然爆発することになってしまったのか、それだけは教えてよ」

「え？　今それを確認することに意味はある？　こんな差し迫った状況の中で」

「いやいや、あるでしょ。爆発するってことは、ガスとか火薬とか、それとも誰かが爆弾を仕掛けたとか、そういうことだし」

「そういうことかもしれないし、そうじゃないかもしれないけど、そんなの何だっていいよ！」

「……わかった。嘘《うそ》なんでしょ？」

「嘘じゃないよ！　あと二分！」

「やっぱり信じられないな。僕は信じない」

「信じるも信じないも、もし本当だったらどうするの？」

「だから、そんなわけないって」

「あと一分五十秒！」

ミネオは叫ぶように言った。

「そして、そうこうしているうちに、残り一分四十五秒！」

「……ミネオって、ときどきそういう突拍子もないこと言うよな」

「突拍子があろうがなかろうが何？　今ここに人工衛星が墜《お》ちる可能性だってあるわけでしょ？」

「ないよ。そんなの」

「ゼッタイにないって、どうして言えるの？」

「可能性は限りなくゼロでしょ。限りなくゼロに近いものは、ゼロとして考えるしかない。ちなみにお前の理屈だと、この部屋を出ても、頭の上に人工衛星が墜ちる可能性はゼロにはならないし」

「そうだけどっ！」

ミネオは少し言いよどんだ。

「あと一分」

ミネオはくるん、と目を回し、ふう、と息をついた。

「けど、いい？　この場合の可能性は、人工衛星が墜ちる可能性とは違うよ。ボクは爆発するって言ってるし、君はしないと言ってる。だから可能性はゼロじゃなくて、五分《ごぶ》だよ」

「いやいや、それは五分とは言わないだろ」

「百歩譲ってそうだとしても……、ミネオはどうするの？　爆発するのに、まだこの部屋に居ていいの？」

「ボクは今、君よりもドアのそばにいて、部屋を飛び出す準備はもうできている。君みたいに制服も脱いでいない。しかるべきときが来たら、このままさっと一階へ下りて外に逃げるよ」

「しかるべきときって？」

「今だよ！」

ミネオは立ち上がり、半身《はんみ》の体勢になった。そのまま足踏みをするようにして僕を急《せ》かす。

「……わかったよ」

ふー、とため息をつき、僕は立ち上がった。脱ぎかけていた制服のボタンをとめ直し、帽子をかぶる。

「急いで！」

僕がカバンを手に取った瞬間、ミネオは一歩目を踏みだした。

「先に行くよ！」

部屋を出たミネオが、もの凄《すご》い勢いで階段を駆け下りた。待てよ、と言いたいところを我慢して、あとを追うように部屋を出る。

「あと十五秒！」

ミネオに追いつき、肩を並べた。

「ぎりぎりだ！　まだ間に合う！」

大急ぎで靴を履いた僕らは、玄関から飛びだした。

「あと十秒！」

僕らは全力で走った。

「あと五秒！　四――、三――、二――、一――、」

カウントダウンしながら、三軒先くらいまでの距離を、一気に駆け抜ける。

「ど――――ん！」

全力で走りながら、ミネオが叫んだ。それを合図に、ゴールテープを切った短距離走者のように、僕らは速度を落としていく。

ミネオと競走みたいな感じになったけど、走るスピードは全く同じだった。すっかり減速した僕は、はあ、はあ、はあ、と息を継ぎながら、来た道を振り返る。はあ、はあ、はあー。

「……なあ、ミネオ、」

そこには当たり前のように、いつも通りの僕の家があるだけだった。

「なに?」

「爆発しなかったぞ」

「え?」

驚いた様子で振り返ったミネオは、それから笑顔でこっちを見た。

「ホントだ! よかったね、爆発しなくて」

荒くなった息をつきながら、屈託なくミネオは言う。

「……何だよ、お前って」

「ばあちゃんに教わったんだ。暗い夜道と、ヒトミのうるんだ女と、爆発には気をつけろって」

あははははは、と、ミネオは笑った。

ブルドッギング・ヘッドロックをかましてやろうと伸ばす腕を、ミネオはするりと抜けた。そのまま小走りに、学校のほうへと向かった。


「こっちから行こうよ」

ミネオが細い路地を指さした。

「なんで? 遠回りじゃん」

「だってほら、下校してくるやつらと会ったら気まずいでしょ」

ミネオは肩をすぼめたポーズをして、僕の先を歩きだした。路地へ向かうミネオのあとを、僕は黙ってついて行く。

実は英語のワークを持ち帰るのを忘れたことに、家に着いてから気付いたのだった。ワークはいつも学校に置きっぱなしだけど、明日出さなきゃならない宿題があったので、どうしても必要だった。

宿題をやっていかないなんていう不始末は、あってはならないことだ。学校では空気のように、目立たなく過ごしたかった。つまらないことで、教師や同級生にいちいち注目されるわけにはいかない。

しかしそうは言っても、ワークを学校に取りに戻るってのは非常に面倒なことだ。家から出るのを渋っていたときに、ミネオが爆発とか何とか言いだした。そうやって僕が部屋の外に出るきっかけをつくってくれたのだろう。

「……お前って……いいやつだよな」

「何が？」

「だって僕のために、爆発とか言ってさ、」

「違うよ、ボクはただ、本当に爆発すると思ったんだよ」

「嘘だろ？」

「ホントだって。結構どきどきだったんだから。爆発しなくてよかったよ、本当に」

ミネオは心底ほっとしたような表情をした。冗談を本気で言っているのか、それとも全くの本気なのか、よくわからなかった。

ミネオは僕の唯一人の親友だ。気の弱いところがあったけれど、優しくて、純粋で、無邪気で、明るいヤツだ。いざ、というときには、僕が守ってやらなきゃな、と思っているけれど、いつもこんな感じに助けてもらってばかりだ。

友だちは一人いればよかった。完全な友情が一つだけあれば、あとは何も要らない。僕らはお互いのことを理解して、必要なときにはいつも一緒にいて、お互いを自分のことと同じくらい大切に思っている。ミネオがいれば、不完全な友だちや、退屈な仲間なんかは要らない。

もちろん僕とミネオは、ケンカすることだってあった。でも決して、お互いを見限ったり、憎んだりはしない。世界が滅んで人がいなくなってしまったとしても、僕はミネオと一緒なら、寂しいと思わないかもしれない。

「あ、ネコだ！」

突然現れたネコに、ミネオが近付いていった。足を止めた僕の目を、ネコはじっと見つめる。

「パトロール、おつかれさまでーす」

ミネオはネコに話しかけた。ネコは無言でこちらをじっと見て、やがて人家の塀の向こうに消えていく。

「……ネコって寂しくないのかな？」

「寂しいとかはないだろ」

街で見かけるネコはいつも単独行動だけど、全然寂しそうには見えない。彼らの目は、きらーん、と光り、体はしなやかで、その精神は誇り高い。

ミネオの提案で遠回りしたおかげだった。ネコとはすれ違ったけれど、中学に着くまで、誰ともすれ違わなかった。

放課後の三年六組には、誰も残っていなかった。

十月になって数日が経《た》っていた。もうすぐ最後の中間テストがあるから、みんな自宅や学習塾で勉強しているのかもしれない。

「……静かだね」

「ああ」

いつもは居心地の悪い教室だけど、今はなかなか開放的な気分だ。教室でミネオと二人きりというのは、考えてみれば初めてのことだ。

「ねえ、二人で野球でもしようか?」

ミネオは少しはしゃいでいた。

「しないよ」

僕は含み笑いでその提案を却下する。

雨の日、昼休みなんかに、クラスの男子が丸めた雑巾《ぞうきん》とホウキで野球をしていた。加わりたいなんて思ったことはないけど、ホウキで雑巾をかっ飛ばしたら、どんな気持ちがするんだろう、とは思う。

僕は自分の机の中からワークを回収した。それから椅子《いす》にもたれ、教室を見渡す。ミネオは教壇に上って、担任の教師のマネをしている。

静かーにー、静かーにーしなさーい。

ふ、ふははは、と僕は声にだして笑った。この教室で堂々と笑うなんて、もしかしたら初めてかもしれない。誰もいない教室だったら、僕が孤独になることはないのだ。

だが油断は禁物だった。

「ミネオ、そろそろ行こうぜ」

カバンを背負い、僕は立ち上がった。

「うん」

僕らは連れだって廊下に出た。もうこのまま誰とも出くわすことはないだろうと、気を緩《ゆる》めていたそのときだった。

「あ……」

階段のほうから見覚えある女子が歩いてきた。

「町田……すみれ、だ」

ミネオが小声で言った。間違いなく、それは町田すみれだ。

（ねえ……話しかけてみたら？）

ミネオが後ろから、こそこそと言った。

（いいよ。特に用事はないから）

八メートル――、五メートル――、三メートル――、一メートル――、町田すみれと僕らは、歩速の二倍のスピードで近付き、息が詰まるような一瞬を迎える。だけど何事もなく、遠ざかっていった。一メートル――、三メートル――、五メートル――、七メートル。

目も合わさなかったし、顔も上げなかった。町田すみれの気配だけを、僕は体の左半分で、濃密に感じていた。

「……町田さん、何しに来たんだろ？」

階段まで着いたとき、ミネオが後ろを振り返った。僕も、ちら、と振り返ってみたけど、彼女はもう見えなかった。

「忘れ物でもしたのかな?」

「そうかもな」

僕とミネオはゆっくりと階段を下りた。

「町田さんはいいよなあ。町田すみれ。すみれ。すみれさん」

ミネオが僕の気持ちを代弁するように言った。

彼女は不思議な雰囲気のある美少女だった。つんとしているわけではないのに、凜《りん》とした意志を感じる。目立ったり、はしゃいだり、でしゃばったりするタイプではなく、クラスの中心から七メートルくらい離れたところで、佇《たたず》んでいるような感じだ。

彼女はバカみたいなクラスメイトたちとは違うと、僕にはわかる。僕にだけはわかる。

「ワーク忘れてよかったんじゃない?」

「どうして?」

「町田すみれに会えたじゃん」

「別に……、そんなことはないよ」

昇降口を出ると、部活動をする下級生たちの声が聞こえた。僕らは黙ったまま校門を抜ける。

「ねえ、町田さんは、どこの高校を目指していると思う?」

「知らないよ」

「でも、一緒のところだといいね」

「……いや、別に」

「何だよ、素直じゃないなあ」

「関係ないよ」

だけど本当はとても気になっていた。

僕の孤独を理解してくれるのは彼女だけなんじゃないか、と思うとき、頭の奥がとろんとなるような気分だった。彼女には友だちだっている。だけど何か、僕と同じような孤独を隠し持っているような気がした。

「町田すみれって、名前もいいよね。古風っていうか」

「……ああ、まあ、そうだな」

町田さんのことが気になるといっても、僕から話しかけるとか、そういうことができるわけではなかった。同じクラスにいるのに、僕と町田さんの間には、果てしない距離があった。

自分に都合の良いことが勝手に起こるなんてことは、期待するだけ無駄だった。期待したらしただけ、それが起こらなかったとき、がっかりするだけだ。

僕は足下の小石を蹴飛《けと》ばした。か、かかっ、かっ、と、不規則なリズムで、不規則な形をした小石が、路地を走る。

だけどときどき妄想することはあった。町田さんがある日、クラスメイトのいないところで、僕に話しかけてくる。そんな妄想をしたあとは、自分が卑怯《ひきょう》で汚い、虫になったような気持ちになる。

「あーあ。早く卒業したいなー。ボクは早く、高校生になりたいよ」

ミネオが言う横で、僕はさっきの石を続けて蹴った。

「そうか？」

転がった石が側溝に落ちて見えなくなったので、新しい小石を蹴る。

確かに中学にいても、面白いことなんて一つもなかった。だけど高校に入ったからといって、何かが根本的に変わるとは思えない。

高校でこのままだったら、高校を出てもこのままなのだろう。それはとても怖いことのような気もするけど、ミネオがいるならそれでもいいんじゃないか、という気もする。

用水路に架かった小さな橋を渡ろうとしたとき、夕焼けが異常に赤く染まっていることに気付いた。

「わー、凄い」

ミネオが顔を上げて声をだした。

「……ああ……凄いな」

大気中の浮遊粉塵《エアロゾル》が多いと、時にこんな真っ赤な夕焼けが現れたりする。例えば、遠く東南アジアの火山が噴火したときにもこのような現象が起きるという。

「きれいだね」

「そうか？　赤く染まりすぎて気味が悪いけど」

「いや、きれいだって」

横を見ると、ミネオの顔も真っ赤に染まっていた。きっと僕の顔も、赤く染まっているのだろう。

赤く染まった街を、僕らはゆっくりと歩いた。長い影が、僕の横に伸びていた。前方に遠く、色を無くした山が見えた。

◇

きーん、こーん、かーん、と、いつものチャイムが鳴った。

一時間目の授業が終わり、周りのクラスメイトは一斉に席を立った。彼らは無秩序にバラけ、それぞれの場所に集まり、いつもの面々と、いつもと同じような話を始める。行くところのない僕は、いつもどおり席に座り続けた。

朝一の休み時間は、最も緊張する時間だ。誰も気付いていないかもしれないけれど、朝早い時間のほうが、人は他者に敏感になっている。自分の存在を誰にも気付かれたくない僕は、息を潜め、教室の背景になろうとする。

ここにある孤独は、なるべく自然な孤独でなければならなかった。路地の隅の名もなき植物や、蹴るまでもない小石のような、誰にも顧みられないような孤独。

僕はとてもゆっくりと一時間目の教科書を閉じる。ぺらり、ぺらり、と教科書をめくり、中身を確認するようなふりをしながら。

自分は行くところがなくて机から離れないのではなく、ただゆっくり授業の後片付けをしているだけですよ——。

筆入れのジッパーをじーと開き、向きを揃《そろ》えながらペンをしまった。最後に消しゴムをしまい、ゆっくりとジッパーを閉じる。

昔はこうしていれば、いつか誰かが話しかけてくれるかもしれない、と思っていた。だけど今では、そんなことは起こらないと完全にわかってしまった。赤ペンをしまうのを忘れた僕は、また筆入れのジッパーを開く。

教室の喧騒《けんそう》を傍らに、僕はノートから下敷きを取り出した。今日書いた頁《ページ》を見直すふりをしながら、そっとノートを閉じる。小さな動物が天敵に気付かれないよう、忍び足で遠くへ逃れるように、それらの作業をする。

教科書を机の中にしまい、筆入れもしまった。次の授業の教科書をゆっくりと取り出し、それからノートも出す。さっきしまったばかりの筆入れを、また取り出し、丁寧にペンを並べていく。

これだけの作業をするだけで、休み時間のほとんどを費やすことができた。

休み時間の最後の十秒、僕は誰にも気付かれないように、視野を広く使って、町田さんのほうを窺《うかが》った。決して見つめるようなことはせず、視野の端のほうで、ちら、と確認するだけだ。すらり、と背が高くて、髪の長い彼女がそこにいる、と知るだけだ。

彼女はだいたい、女子三人くらいで固まって何かを喋《しゃべ》っていた。騒いだり、声高に笑ったりしているところは、ほとんど見たことがない。

ノートの隅に、『二』と書く。

あの日、放課後の誰もいない廊下ですれ違ったときから、僕には一つの習慣ができた。町田すみれを視界の端で捉《とら》えるたび、ノートに『正』の文字の一画を書き込んでいく。授業中に窺うこともあるから、『正』の文字は、一日に、三十個くらいたまっていく。

今日はもう、二つの『正』をためることができた。

二時間目、三時間目、と授業が進むと、クラスメイトの他者への関心も緩慢になっていく。僕はそれほど緊張することもなく、すっ、と窓際の席で空気になる。

クラスの男子や女子たちが、あちこちでバカみたいに大声で喋っていた。その喧騒の隙間《すきま》で、誰にも気付かれないように、僕はそっと呼吸をする。存在感のスイッチをオフにして、教室の風景と同化する。

植物のように透明な存在になれば、誰にも顧みられることはない。

「大丈夫？」

と、突然、ミネオが話しかけてきた。

「何がだよ？」

とても小さな声で応える。ミネオはいつからそこにいたんだろう。

「いや、今日も一人だから」

「一人じゃないだろ。今だってお前と喋ってるし」

「ああ、まあね」

ミネオが笑った。

「でもなんか、後ろ姿が寂しそうだったから」

「そんなことないよ」

「だって……ずっと一人だし」

僕の席の前に立ったミネオは、黙って僕を見下ろす。

「あのさ、一人だから寂しいとか、そんなの誰が決めたんだ？」

僕はちら、と、ミネオを窺い、透明な声をだす。

「考え方次第だよ。みんなを基準に考えるから、自分があぶれているんだよ。自分を基準に考えれば、みんながあぶれてるってことだろ？」

「……けど、だったらなんで、そんなにこそこそしてるの？」

「これはゲームみたいなものかな」

「ゲーム？」

「ああ。忍者みたいに、気配を消す訓練だと思えば、面白いだろ？」

「忍者！」

ミネオは愉快そうに笑った。

「そう。こうやって十分間、完璧に存在感を消す。僕がミネオと喋っていても、誰も気付かない。この教室で僕だけが、この休み時間を俯瞰《ふかん》しているんだ。だから、もうすぐ授業が始まることも、僕だけが知ってる。そろそろ……かな？　五――、四――、三――、二――、一――」

ゼロ、とつぶやいたとき、きーん、こーん、かーん、と、四時間目の始業チャイムが鳴った。騒ぎながら席に戻っていくクラスメイトの気配を感じながら、僕はゆっくりと息を吐く。

ミネオはいつの間にか、どこかに消えていた。お前のほうが忍者みたいじゃないか、と思いながら、僕は次の授業のノートを開いた。

昼休みになると、教室の外に出て行く生徒が大勢いた。そうすると教室の人口密度が一気に低くなり、僕が占める存在感の比率が高まってしまう。以前はこの三十分間を永遠みたいに長いと思っていたけれど、今ではそんなこともなかった。うまい時間のつぶし方を覚えたからだ。

僕はゆっくりとトイレに向かい、ゆっくりと手を洗った。それからミネオと一緒に図書室に向かう。

図書室に入ると、まずは視野を広く使って、全体を確認した。

「……今日もいないみたいだね」

「ああ」

一ヶ月くらい前、ここで町田さんを見かけたことがあった。見かけたのは一度だけなのだけれど、それ以来いつも、いるかもと思いながら全体を見渡してしまう。

「残念?」

「別に、……残念とかじゃないよ」

あらゆることに期待してはいけない、と思っていた。期待しなければ、がっかりしたり、落ち込んだりすることはない。勝とうとしなければ負けることはないし、信頼しなければ裏切られることだってないのだ。

「あのときの町田さん、きれいだったよね」

「……ああ、そうかもな」

教室では町田さんを見つめることなんてなかった。偶然すれ違ったりするときも、目を合わすことなんてない。

でもあのとき、僕らは息を呑《の》むように、町田さんを見つめ続けていた。僕とミネオの周りの時間は、凍り付いたように止まってしまった。

彼女は本を借りに来ていたみたいだった。天空の書物を探すみたいに、書棚を見上げ、本の背表紙にそっと右手の人差し指をかける。

釘《くぎ》付《づ》けだった。あのときの町田さんの横顔を、今でもありありと思いだせる。記憶の中の彼女の横顔は、とても清らかで、特別で、尊いものだった。

この学校にいる全ての他の女子と、町田さんは圧倒的に違った。町田さんの横顔を思い、僕には妄想することがあった。

きっと彼女だけが僕の孤独を理解してくれる――。世界が孤独であることを知っているのは、きっと僕と町田さんだけだ。町田さんはその孤独を、世界で唯一、抱きしめられるような存在なんだ――。

彼女は僕をそっと抱きしめた後、世界を焼き尽くす呪文《じゅもん》を唱えてくれる――。

でもそんなのは、単なる妄想だとわかっていた。あらゆることに期待しない自分にできるのは、せいぜい『正』の文字を集めることくらいだ。

「今度、また町田さん来るかな？」

と、ミネオが言った。

「……どうだろうな」

僕は本棚に目をやった。来てほしいという気持ちはあるけれど、来たとしても『正』の一画が後でノートに増えるだけのことだ。

『よくつれる！　簡単つり入門』という本を取り出し、ぱらぱらとめくって、棚に戻した。その隣にあった『渓流つり入門』を取り出し、またぱらぱらとめくる。

「だけどさ、」

ミネオは僕の隣で、図書室を見渡した。

「最近はここも、ずいぶん賑《にぎ》やかになってきたね」

「……ああ、そうだな」

中学三年生には、受験が近付いてきていた。内申点にかなり影響するという、最後の中間テストも迫っている。昼休みに勉強しようという連中が図書室に集まっていて、でも結局はおしゃべりに終始していたりする。

「ねえ、あれって同じクラスの人？」

本棚の向こうで騒いでいる連中に、ミネオは目をやる。

「……いや、違うよ」

うちのクラスの連中が来るようになったら、ここにも居られなくなる。どこかミネオと二人きりになれるような場所って、他にあるだろうか、と、少し憂鬱《ゆううつ》になりながら考える。

本棚の向こうでは、何人かの男女が、くすくす笑いながら何かを喋っていた。図書室だから大声をたてないようにしているのだろうが、何を喋っているのかは丸聞こえだった。


——お前ら、矢野って好き？

——えー、やだー、キモいじゃん。

——どうも矢野デス。矢のように走りマス。

——あははは、似てる！　ウケる！


「ねえ、矢野って誰？」

ミネオが僕の顔を見た。

「知らないよ。けどそんなのどうでもいいよ」

矢野というのは教師か、それとも同級生か、そうでなければお笑い芸人か何かなのだろう。

「だけどさ、ああいうのを世間では、面白いって言うんでしょ？」

「まあ、そうなのかな」

「くだらないね」

ミネオは両方の手のひらを上に向け、あきれた感じで言った。僕は『渓流つり入門』を、本棚に戻し、『正しい山歩き超入門』を取り出す。

「うちのクラスの中に、くだらなくないやつなんて、誰かいるのかな？」

と、ミネオが言った。

山歩きの本をぱらぱらめくりながら、考えてみた。みんなくだらない。とてもくだらない。この世にいなきゃならない理由があるやつなんて、どこにもいない。もちろん、自分も含めて。

「町田さんだけだよね、存在する意味があるのは」

「……そうかもな、マジで」

本を棚に戻し、僕は時計を見た。

「そろそろだな。行こうぜ」

「うん」

僕とミネオは一緒に図書室を出た。

今からゆっくりと教室に戻って、ゆっくりと教科書を出せば、ちょうど始業のチャイムが鳴るはずだった。そんなことを計算しながらでないと生きられない僕は、そんなことを考えたこともない人には、どんなふうに見えるんだろうか……。

階段を上り、開いていた教室のドアから、するり、と中に入った。教室には三分の一くらいの人が残っていて、その中には町田すみれの後ろ姿もあった。二人の女子と何かを喋っている。

後ろから見ただけだけれど、何となく、彼女がにこやかに笑っている気がした。

僕は自分の席に着き、ノートとペンを取り出した。ノートの『正』の下に、『一』を付け加える。

「次って何？」

「美術だよ」

半分だけ空気となった僕は、ぽそり、ぽそり、と喋る。

チャイムが鳴ると、教室はいきなり騒がしくなり、くだらない連中が次々に戻ってきた。透明な孤独を身にまとい、僕は小さく息を潜める。

気付いたら、ミネオはもういなかった。

午後の実技の授業は、学校にいる間で、一番リラックスできる時かもしれない。この時期、内申点を気にしてか、騒ぐやつはいなかった。だけど午後の眠たい時間帯だから、みんなぼーっとしている。僕のことを気にかけるやつはいないし、美術教師はもともと僕のことなんか気にしていない。

「大丈夫？」

ミネオの声が聞こえた。

ゆっくりと顔を上げると、窓枠のところに、ミネオが腰かけていた。

「退屈な授業だねえ」

「ああ」

透明な声で、僕らは会話を続けた。

「あと何十時間、何百時間、こんな時間を過ごさなきゃいけないんだろうね」

「さあ……けど何十時間くらいではないだろ」

ミネオは最近、とても大胆な行動を取るようになった。

昔は周りに人がいるうちは、絶対に出てこなかった。だけどそのうち、人がいても出てくるようになった。今では誰もこっちに注意を払っていなければ、授業中の教室にも出てくるようになった。

ミネオは僕にしか見えない、僕だけの友だちだ。背格好は僕よりもほんの少し小さく見えるけど、実際には、身長も体重も同じなのだろう。声も僕より少し高いように感じるけど、本当は同じなのだろう（録音した自分の声は自分が思っているのと違うけれど、それと同じことなのかもしれない）。

「ところで君って、夢はあるの？　将来、何になりたいとか」

「……いや、ないよ」

「そうなんだ。ボクはね、ボクじゃないものになりたいな」

「ボクじゃないもの？」

「うん。何かに生まれ変わりたいな」

「それって、将来の夢っていうのか？」

「だめかな？」

「だめだろ。だいたい生まれ変わるのなんて無理だし」

ボクじゃないものになりたい、というミネオは、僕と違って孤独には見えなかった。ミネオには僕しかいないのに、全然、寂しそうではない。

そりゃそうだよな、と思う。だってミネオの姿は、僕にしか見えないのだ。僕は僕以外の人にも見られるから、孤独なのだ。

「ねえ、」

「何？」

「重なり合いっこしようか？」

きゃはは、とミネオが無邪気に笑った。それが結構大きな声だったので、僕は思わず周りを確認してしまう。

……おい、……やめろよ。

授業中だというのに、ミネオがゆっくり重なってきた。こちらが声を出せないような状況のとき、ミネオはいつもよりも活《い》き活《い》きと、いたずらっ子の表情で、僕にちょっかいをかけてくる。

……ダメだって。

何度も拒んだのに、ミネオは言うことを聞かなかった。ふーんふーん、とか言いながら、座っている僕に重なってきて、同じポーズで椅子に座ろうとする。

「おい、やめろって」

透明な声で言う。

「いいじゃん」

ふははは、とミネオは笑っている。

「やめろって、出ろって」

あははは、と笑ったあと、ミネオは僕から剝《は》がれた。

「じゃあねー。授業が終わったら一緒に帰ろうね」

「……ああ」

「ばいばい」

ミネオは小声でそう言い残したあと、窓を抜け、午後の秋空に溶け入るように消えていった。

◇

家ではミネオとゲームをする時間が多かったから、決して真面目《まじめ》に勉強しているわけではなかった。だけど普段から、最低限のことはやっていた。

クラスで一番とか二番ではなかったけれど、今までそこそこの成績は取れていた。大多数のクラスメイトのように、部活をやったり、遊んだりしているわけではないのだ。

「……けど、今回はヤバいな」

「大丈夫だって」

昼休みの図書室で、僕はミネオと深刻に顔を突きあわせた。昨日、中間テストが終わったのだが、結果を知るのが怖かった。

「……今回は、いつもより平均点も高いはずだしな」

「他が勉強し始めたから？」

「ああ」

塾に行ったりしているやつも多かったし、普段ふざけているやつも、さすがに勉強を始めていた。そう思っていつもより高得点を狙《ねら》ったのだが、特に社会と国語が、全然出来なかった。

「だけど大丈夫だと思うよ」

「何でそんなことが言えるんだよ？」

無責任なことを言うミネオを睨《にら》んだ。

「お前は能天気でいいよな」

「そんなことないけど……」

そのとき、ちら、と横を見た僕は、ちっ、と本気で舌打ちしそうになった。

「何？　どうしたの？」

「……堀内と、黒沢が来た」

僕らは半歩下がって、本棚の陰に隠れるようにした。

同じクラスの堀内と黒沢が、こちらに向かってまっすぐ歩いてきていた。彼らは僕らのいる本棚の向こう側に座った。

持っていた『投げ釣り大百科』をぱらぱらとめくりながら、僕は本棚の向こうの様子を窺った。こいつらが図書室に毎日勉強をしにくるとかだったら、僕の昼休みの行動パターンは、変更を余儀なくされてしまう。


――ばーか、やめろよ。

――しー、静かに。

――なあ、持ってきたか？

――おお、これだよ。早く写そうぜ。

――サンキュー。誰に借りたの？

――町田だよ。

――おー、すみれかー。


その名前を聞いた瞬間、頭から血の気が引いていった。

彼らが何をしているのかは、すぐに見当がついた。テスト明けの今日、午後の授業で大量の社会のプリントを出さなければならなくて、彼らは町田すみれさんから、それを借りてきたのだ。

「……ねえ、大丈夫？」

ミネオが僕の顔を見たけれど、何も返せなかった。『投げ釣り大百科』を棚に差し、僕はすたすたと歩きだす。

「待ってよ！」

大声を出しながら、ミネオが追いかけてくる。

「どうしたの？　大丈夫？」

「………」

僕はミネオの数歩先を、ずんずん、と歩いた。

いつもは音を立てないように、そっと開ける教室の扉を、がらがらっと音を立てて開ける。

数人がこっちを見たけれど、それを無視して自分の席に戻った。席から辺りを見渡すと、こっちを見ていた何人かが目を逸《そ》らした。

教室に町田さんはいなかった。僕はノートと消しゴムを取り出し、今日書いた『正』の字をごしごしと消す。午前中だけで『正』は二十個くらい書いてあった。

「気にすることないよ。堀内とか黒沢なんて、くだらないやつらだよ」

ミネオが僕の顔を覗《のぞ》き込んでくる。

「最低だよね。真面目な町田さんに、そんなこと頼むなんて」

返事をせず、僕は立ち上がった。クラスの誰かがこっちを見ていることも、わかっていた。だけどそんなことはもう、関係なかった。

僕はそのまま水道に向かった。昼休みが終わるまで、まだかなりの時間があった。十分か、十五分か、どれくらいだったのかはわからない。昼休みが終わるまで、僕は水道で自分の手を洗い続けた。

◇

中間テストの成績は、思っていたよりも悪かった。

点数よりも、問題は偏差値だ。今まで勉強をしなかった連中が、ちょっと本気になっただけで、こんなにも自分の偏差値が落ちるとは想定外だった。社会と国語は偏差値50を切ってしまっている。

進路のことを考えると、胃がきりきりと痛んだ。僕の志望校は、近所の公立では一番偏差値の高い東高だ。もっと上位の私立の進学校に行こうという考えはなかったけれど、東高には絶対に行きたかった。

偏差値の高い高校に入って、それが何なんだ、とは思う。だけど堀内や黒沢や、他のくだらないやつに勝つには、東高は最低条件だった。

「ひとまず……ゲームはしばらく封印しようか」

ミネオも心配してくれた。

もともと東高に受かるには、ぎりぎりの成績だった。夏以降の遅れを取り戻すには、これから必死に勉強するしかなかった。

「ボクも付き合うからさ、一緒に勉強しようよ」

「……ああ」

空はすっかり十一月の色をしていた。僕らはともかく勉強を始めた。

「次は英語をやろうよ」

「ああ……でも疲れたな」

だけど気が焦るばかりで、それほど勉強が進むわけではなかった。

ミネオと相談した結果、土曜と日曜は、図書館に行って勉強することにした。だけど問題が一つある。市内の図書館だと、多分、知っているやつに会ってしまう。

「じゃあ、ミズホの図書館に行こうか?」

ミネオのアドバイスを採用し、僕らは毎週土日に、隣の市の図書館へ行くことに決めた。行くのにちょっと時間はかかるけれど、そこに行けば丸一日、集中して問題集に取り組むことができる。

季節はすっかり冬になっていた。僕らは土曜になると、赤いマフラーを巻いて隣の市の図書館へ自転車を走らせた。

ミズホの図書館は自転車で三十分くらいのところにあった。天気の良い土曜日、十一月の乾いた風に押されて、僕らはバイパス沿いの道を進む。ミネオは僕の肩に手を載せ、自転車の後ろに立ち乗りしている。

途中、コンビニでおにぎりとお茶を買った。

学習室、と書かれた会議室のようなところで、僕らは開館する九時から閉館の七時までひたすら勉強した。途中、二十分だけ、休憩して駐輪場でおにぎりを食べた。

◇

期末試験の成績は、そこそこよかった。だけど計算してみた内申点は、東高の水準に届かなかった。

あとは本番のテストで良い点を取るしかないのだけれど、模擬試験の結果も悪かった。模試だというのに、僕は極度に緊張してしまったのだ。これが本番の入試だったら、一体どれほど緊張するのか見当もつかない。

僕はたまらなく不安になっていた。東高の合格率はCランクに判定されている。落ちたらどうしよう……。落ちたら、僕はどうなってしまうんだろう……。

こんな孤独な中学生活を送って、高校にも落ちてしまったら、それはもう生き死にに近い問題のような気がした。

試験に落ちる夢を見るようになって、食事も喉《のど》を通らなくなった。食欲がないわけではないのだが、少し食べると胃が痛くなってしまう。眠っても、すぐにうなされて起きてしまう。

亡霊のような顔をしながら、僕は勉強を続けた。だけど頭には何も入ってこなかった。ずっと頭の奥が痛くて、立ち上がるとふらふらした。

学校では朦朧《もうろう》としていたかもしれない。自分が今日、学校でどんなふうに過ごしていたのか、夜になると思いだせなかった。僕がどんなだったとしても、受験前のクラスメイトや教師が、こっちに注意を払うなんてことはなかったけど。

気付けば二学期も終わっていた。

冬休みは毎日、図書館に通い、家に戻ってまた勉強した。白い息。冷たい手。図書館に向かう自転車を漕《こ》いでいるときだけ、自分が生きている気がした。

◇

十二月二十七日、年末を迎える世間の雰囲気も、僕には関係なかった。

図書館の二つある学習室のうち、一つはすでに満席だった。もう一つのほうは数人がバラバラに席に着いているだけだったので、そちらの部屋に入った。

本番に合わせて時間を五十分に区切り、僕は数学の過去問を解いた。最後の二次関数の問題が、どうしても解けなかった。時間と闘いながら何度も考え、やっと答に辿《たど》り着いたのだが、不正解だった。

冬休みに入ってから、過去問を解くようにしているのだが、ずっとこんなことが続いていた。後から採点してみても、どうしても合格ラインには届かない。焦り始めると、胃が痛み、目が霞《かす》んだ。そのことでまたさらに焦ってしまう。

「ねえ、大丈夫？」

「……ああ」

だけど僕は勉強を続けるしかなかった。腕時計をストップウォッチモードにして、社会の過去問を開く。

わかる問題、わからない問題、わかる問題、わかる問題、わからない問題。

解き始めるとすぐにわかった。まだ覚えていないことが多すぎる。過去問を解くより、参考書を見直したほうがいい気がした。

「ねえ……ホントに大丈夫？」

「大丈夫だよ」

優しくてナイーブなミネオに心配をかけたくない僕は、オウム返しマシンのように返事をする。だけど目を落とす問題の文字が意味を失い、ただの模様に見えてくる。もしかして、これがゲシュタルト崩壊というやつなんだろうか……。

僕は目を閉じ、眉間《みけん》のあたりを指で押した。寝不足もあってか、ぐるぐると目が回った。気力も体力も、もう限界だった。

机につっぷすと、胸が苦しかった。逃げだしてしまいたかった。このまま消えることができたら、どれだけ楽だろう、と思った。

消えたい……。泡のように、消えてしまいたい……。


一時間か二時間くらい、その体勢のままだった。気絶するように眠ってしまったんだろうと思うけれど、よくはわからない。たん、たん、たん、たん、とリノリウムの床を踏む音がして、誰かが僕の隣を通り過ぎていくのがわかった。

「ねえ、あれ、ねえ、」

隣でミネオが声にならない声をだした。

僕はゆっくりと目を開け、顔を上げる。霞む視界の先に捉えたものに、焦点がゆっくりと合っていく。

「ねえ、あれってさ」

「……ああ」

僕は掠《かす》れた声をだした。

前を歩いていったのは、町田すみれさんだった。僕らの席の対角線上にある遠くの席に、彼女は静かに座った。

どうして隣の市の図書館に、彼女がやってきたのかわからなかった。どうしてこんな閉館近くの時間になってやってきたのかもわからなかった。

しばらくして社会の参考書を開いたけど、その日はそれ以上、何もできなかった。

町田すみれの横顔――。町田すみれの長い髪。町田すみれの白い肌。町田すみれの清らかな集中力――。

斜め後ろから、幻のような彼女の横顔を見つめ続けた。閉館時間を知らせる放送が流れると、僕に気付くことなく、彼女はゆっくりと学習室を出ていく。

僕らは少し遅れて、駐輪場に向かった。現実感のないまま、僕は自転車を漕ぎだす。

「ねえ、町田さん、明日も来るかな？」

僕の肩に手を載せたミネオが、大声をだす。

「わかんないよ」

僕は叫ぶように返し、思い切り自転車を漕ぐ。

「もし来たら声かけなよ。二人きりなんだから、チャンスだよ」

「……いや、いいよ」

「どうしてー？」

「町田さんだって受験前だから、勉強のジャマしちゃ悪いだろ」

「けどさー、」

バイパスの下をくぐって街に入った。

「どこの高校を受けるかだけでも、訊《き》いてみればいいじゃん」

「いや、いいよ」

「だって東高だったら、嬉《うれ》しいじゃん」

「いいって」

「でもチャンスだと思うけどなー」

僕らを観察する巨大な目のように、月が丸く輝いていた。僕らは囁《ささや》くように話しながら、夜の街を進んだ。

十二月二十八日、図書館の学習室に入ると、当たり前のように町田さんがいた。

「ねえ、凄いよ！　話しかけなよ」

ミネオはこそこそ声で言う。

「いや、それはもう、本当にいいんだよ」

僕は何となく、町田さんが今日も来るんじゃないかと、予感していた。だったら、それを励みにすればいいと思った。町田さんも頑張っている。彼女と一緒に、秘密を共有するような気持ちで、自分の勉強を頑張ればいい。

駐輪場でおにぎりを食べながら、ミネオにそのことを伝えた。

「えらいね、君は本当にえらいよ！」

ミネオは邪気のない笑顔で、大げさに感心した。

その日、ときどき町田さんの横顔を盗み見しながら、僕は勉強を進めた。


十二月三十一日、図書館は休館日だった。

ミネオと一緒に朝から勉強して、過去問も解いた。合格点にはまだ達しないけれど、焦らないように自分に言いきかせた。今年はもう終わるけど、まだラストスパートの時間は残っている。来年もきっと町田さんは図書館に来る。それを励みに勉強を進めよう。

零時を過ぎたので、ミネオと一緒に初詣に出かけた。家から少し離れたところに、八幡神社という大きな神社があった。僕らは白い息を吐きながら、そこに向かう。

合格祈願――。二拝、二拍手、一拝し、願った。

自分の何かと引き換えにしてもいい。どうか東高に合格させてください――。

夜中だというのに、参道には結構な数の参拝客がいた。すぐに家に帰るつもりだったけれど、巨大な火が燃えているのに、僕は気を取られた。

炎は闇《やみ》を焦がすように燃え、火の粉を巻き上げ、ぱちぱちと音を立てていた。熱く燃える炎を見つめていると、気持ちの底のほうが落ち着いていく気がする。

炎は偉大なエネルギー体だった。僕の胸や魂の奥にまで、その熱は伝わってくる。火は常にその形を変え、揺らめき続ける。太古から継がれてきたようなその炎が、その後、僕に起こった淡い幻のような奇跡を、呼びよせたのかもしれない。

「……斉藤くん」

僕を呼ぶ声に、ゆっくりと振り向いた。

「斉藤峯雄《みねお》くん？」

驚いて声が出なかった。目の前に、町田すみれが立っていた。町田さんの顔が炎に照らされて、赤く輝いていた。

「明けましておめでとう」

町田さんは静かに微笑《ほほえ》む。

「……おめでとう」

燃える火に背中を押されるように、僕は小さな声を出した。

「斉藤くんは、高校、どこ受けるの？」

「……東高」

「へえー、私と同じだね」

彼女は感じよく微笑んだ。

「じゃあ、私、お参りしてくるから」

町田さんは、くるり、と踵《きびす》を返し、そのまま去っていった。数秒間は背中が見えたけれど、やがて見失ってしまった。


——へえー、私と同じだね。


こんなところで彼女と出会うなんて信じられなかった。彼女が僕の名前を呼んだことも、東高を目指していることも信じられなかった。

僕は炎を見つめ続けた。町田さんも東高を受ける……。僕らは一緒に東高を目指している……。

やがて隣にミネオの気配を感じた。ミネオは驚いた顔をしていた。だけど何も言わず、僕と一緒にじっと炎を見つめ続けていた。

◇

冬休みが終わり、三学期が始まった。

受験を目前にした学校は、この三年間で一番過ごしやすかった。みんな自分の受験のことで精一杯で、僕には目もくれない。

静かな気持ちで、日々を送った。焦りや不安、そういった感情を、自分の中から排除し、勉強を続けた。ある感情を排したり律したりするようなことは、もともとこの教室の中で、毎日やってきたことなのだ。

受験まであと一ヶ月と少し、僕は集中力を途切れさせることなく、ただひたすら問題集を解いた。

「町田さんも東高を受けるんでしょ？」

社会の暗記に取り組む僕に、ミネオが話しかけてくる。

「……ああ、そうだよ」

「じゃあ、勉強、頑張んなきゃね」

「ああ、わかってる」

ミネオは下を向いて微笑み、僕の勉強を見守り続ける。

土曜と日曜は隣の市の図書館に行った。正月の初詣で会って以来、僕は町田さんと喋るようになっていた。

日中は二人とも、ただひたすら勉強をする。家に帰る前、駐輪場のところで、少しだけ話をした。

「……私、高校落ちたらどうしよう」

「大丈夫だよ。町田さんなら絶対に受かるよ」

「でも……自信がないんだ」

「大丈夫。一緒に受かろうよ。そしてまたここで会おうよ」

「……うん、そうだね」


月曜の朝、目が覚めると、喉が痛かった。

「大丈夫？」

「んー、ちょっと風邪《かぜ》をひいたのかな」

「あんまり無理しないほうがいいと思うけど」

寝込むほどの風邪ではなかったけれど、学校を休んで、家で勉強することにした。

静かな部屋の中で、僕は黙々と勉強を進めた。問題集を解く合間に、ミネオと話をした。

「町田さんのことが好きなんだよ」

僕はミネオに伝えた。

「うん。ボクだって好きだよ。あの子のことは」

「おれのほうが好きだよ」

「いや、ボクのほうが好きだよ」

ミネオは嬉しそうな顔をして言った。

その日から、僕は学校を休むようになった。勉強に集中したいから、と言うと親は簡単に納得した。学校から何か連絡があるかと思ったが、受験前だからか、何一つ言ってこなかった（ひょっとしたら僕が学校に来てないことに、誰も気付いてないのかもしれない）。

土曜日に図書館に行くと、町田さんがいた。彼女は僕が学校に来ないことを心配してくれていた。

ありがとう、でも大丈夫、と、僕は笑う。

町田さんは微笑み、僕らは閉館まで一緒に勉強した。

受験当日、特に緊張することもなく、僕は集中して問題を解いた。

今年に入ってから、こなした問題集の量は相当なものだった。町田さんと東高に行くことだけを目標に、黙々と問題を解いてきた。

試験の手応えはかなりあった。三日前に過去問を解いたときよりも、素早く全問を解くことができた。

家に戻ると、ばったりと倒れ、丸一日寝てしまった。それからの日々は風邪だと言って学校には行かず、ミネオとゲームをやって過ごした。やりかけだったゲームを全てクリアすると、また眠った。

合格を知ったとき、ミネオと抱き合って喜んだ。解放感と、幸福感に包まれていた。こんなに頑張ったのは、初めての経験だった。自分で努力して何かを摑《つか》んだのも、初めてのことだった。

町田さんの合格も知り、僕はさらに嬉しかった。

中学時代の最後、僕は町田さんと一緒に勉強を頑張って、高校に受かった。そのことだけで充分だった。孤独な中学時代にも意味があったのだ。長い長い闇を抜け、僕はやっと光を摑んだのだ。

僕はこれで生まれ変われるような気がしていた。

◇

東高へは自転車で通学することになった。

授業初日、一年C組の教室で、担任の教師が現れるのを待っていた。なかなか現れないな、と思っていたら、後ろの席の男に背中をつつかれ、なあ、と話しかけられた。

「おれ、同じ中学のやつがあんまりいないんだよ」

男は佐々木というらしかった。中学校名も教えてくれたが、よく知らない中学だった。

「まあ、中学にも友だちはあんまりいなかったけどな」

にまあ、と佐々木が笑うので、僕もつられて笑った。

「今度、うちに遊びにこいよ?」

「いいけど」

何も考えずに、僕は答えていた。これで僕にも友だちができたんだろうか、と頭の隅で思いながら。

夜、部屋でミネオにそのときの話をした。

「あいつ、なんなんだろう?」

「佐々木は、君を友だちとして選んだんだよ」

だけど僕は佐々木のことを何も知らなかった。それと同じく、佐々木も僕のことを何も知らない。なのに友だちとして選ぶ、という感覚が、しっくりとこなかった。

「せっかくだから、仲良くしなよ」

「……ああ、まあな」

翌日、教室に入ると、「よう」と、いきなり佐々木が声をかけてきた。やっぱり僕らは友だちになったみたいだ。佐々木は、教室をぐるっと見回した。

「あ、あいつ。同じ塾だった長谷だ」

長谷という男に、佐々木と僕は声をかけた。その日、僕らは何となく三人で行動した。翌日も一緒だった。まだ出会って三日だったけれど、三人でつるむのが当たり前のような感じだった。

高校では、まだミネオは姿を現さなかった。

家に戻ると、ミネオが一人で机の前に座っていた。

「お前、何してたの?」

「留守番だよ」

ミネオはこっちを向いて、にまーん、と笑った。

「こういうのもいいもんだよね」

「ふーん」

何だか変な感じがした。今までミネオとずっと一緒にいて、もちろんミネオが現れないこともあったけれど、留守番をしているなんてことはなかった。

「どうだったの？　三日目の高校は」

「ああ……」

僕は佐々木や長谷のことを話した。

「へー、よかったじゃん。それってトモダチでしょ？」

「いや……そういうんじゃないだろ」

「どうして？」

「一緒に居たって別に嬉しいとか思わないし……。あいつらじゃなきゃいけない、ってわけでもないし」

「んー、でもさ、トモダチって、最初はそういうもんじゃないの？」

「そうなのかな」

高校生活がこんな毎日だとしたら、非常に過ごしやすいのだろう。佐々木たちと三人でつるんでいれば、中学の頃のような思いはせずにすむ。そのことには、確かにほっとしている。

だけど……。あの頃、くだらない、と思っていたものみたいになれて、ほっとするというのは、どういうことなんだろう……。

「高校を卒業したら、佐々木たちと会うことなんてないと思うよ、きっと」

「そんなことないでしょ？　何てことないトモダチでも、大切にしなくちゃ」

「んー、でもなあー」

佐々木や長谷のことを嫌いなわけではなかった。だけど自分自身の中にある小さな違和感が、どうしても拭《ぬぐ》えなかった。

「そういうものなんだって。ねえ、それよりゲームしようよ」

ミネオに促されて、僕はコントローラーを握った。飛び跳ねるアクションゲームのキャラクターを見つめていると、違和感が少し薄れていく気がした。

違和感を抱えながら高校に通い、戻ってミネオとゲームをする、平和にも思えるそんな日々が、それからしばらく続いた。


土曜日、僕はミズホの図書館に行った。

図書館には町田さんがいた。一緒に東高に合格して、ここでまた会おう、と僕らは約束していたのだ。

僕らはもう勉強をする必要はなかった。二人で図書館の中を歩き、ひっそりと会話した。町田さんの横顔をときどき眺め、自分が選んだ本を読んだ。とても幸福な時間だった。

図書館を出て、自転車置き場で、将来のことや学校のことを話した。

「私は、東京の大学に行きたいな」

と、町田さんは言った。

「東京か……」

と、僕は言った。

「僕も同じだよ。東京に行きたい」

僕が笑うと町田さんも笑った。

そんなことは今まで考えたことがなかった。でも町田さんと一緒に東京の大学に行くんだ、と思ったら、それ以外の道はもう考えられなかった。

春の夕方、バイパス沿いの道を自転車で飛ばした。頭がとろけるような気分だった。胸には温かいものが満ち、手足は痺《しび》れるようで、風は気持ち良く通り過ぎていく。

「大好きなんだ」

家に戻った僕は、ミネオに伝えた。

「町田さんのこと?」

「ああ」

浮かれた頭のまま、僕は強く頷《うなず》く。

「恋という言葉は生ぬるいかもしれない。彼女とずっと一緒にいたいし、彼女と一緒になりたい。結婚したいし、一緒のお墓に入りたい。彼女と一つの命になりたいくらい、好きなんだ」

「そっか」

こっちを向いたミネオは、寂しそうに笑った。

◇

三週間が経ち、四週間が経った。

高校生活は順調だった。佐々木や長谷と話をするようになり、もう中学のときのように、昼休みの残り時間を気にしたりはしなくなった。僕はそれを望んでいたはずだった。でも学校に行くのが嫌になっていた。ここには、守るべきものもないし、守りたいものもない。学校にいると、ときどきいたたまれないような気分になった。

五月のある日、仮病を使って学校を休んだ。一度、仮病を使うとクセになるみたいで、何日か後に、また仮病を使った。その次の日もまた学校を休んだ。

学校を休むとき、ミネオは全く現れなかった。僕は部屋で昼近くまで寝て、起きて、また寝て、退屈になると図書館に行って、町田さんを探した。

「五月病ってやつ？」

夜になるとミネオが現れた。ミネオは僕を心配してくれた。

学校に居場所ができた僕は、もう孤独ではなかった。でも、佐々木や長谷といると、違う孤独を感じるようになった。ミネオや町田さんのことを思いながら、僕は佐々木や長谷と喋った。体と心が乖離《かいり》したような気分だった。

僕はミネオと一緒にいたかった。町田さんの横顔を、ずっと眺めていたかった。

六月に入ると、僕はますます学校に行かなくなってしまった。

やがて、僕は理解していったんだと思う。

本当はこのままじゃいけないんだ。

どんなに仲が良くても、いつかサヨナラしなきゃならないときがくるんだ――。

土曜の朝。それは僕の一番好きな曜日だ。

静かな決意とともに、僕は目を覚ます。初夏のまばゆい光と風を思いっきり吸い込み、僕は、僕の守るべき人の名を呼ぶ。

「ミネオ！」

振り返って叫んだけど、返事はなかった。

「ミネオ！」

「何？」

ミネオは机の前にちょこんと座っていた。

「なあ、図書館に行こうぜ」

「いや、僕は留守番してるよ」

「ダメだよ。行こうぜ」

「いや、いいよ」

「ダメだ。行かなきゃならないんだ」

「……どうして？」

「この部屋はもうすぐ爆発する。だから今すぐ、外に出なきゃならない」

ミネオは、あはは、という感じで笑ったけれど、泣きそうな表情をしているようにも見えた。静かに運命を受け入れているようにも、運命を儚《はかな》んでいるようにも見えた。

「あと、一分だ。行くぞ」

「本当に？　本当に行くの？」

「ああ、急ぐぞ」

「……うん、」

ミネオはゆっくりと立ち上がった。

「じゃあ……、行こうか」

僕らは階段を下り、肩を並べて玄関を出た。空は真っ青に晴れ渡っている。

「今日は歩いて行こうぜ」

「うん、そうだね」

バイパスに沿った小さな道を、僕らはゆっくりと歩いた。

「よかったな、爆発しなくて」

「……うん」

ミネオと二人乗りで、何度も往復した道だった。歩きだと一時間か、あるいは二時間くらいかかるかもしれない。

ときどきジョギングをする人や、犬の散歩をする人とすれ違った。僕らはそれから、ずっと無言で歩いた。

「いい天気だな」

隣町に差しかかる頃、僕は言った。

「そうだね」

答えるミネオの声が、こころなしか掠れていた。

「なあ、ミネオ」

「なに？」

「僕はやっぱり、町田さんが好きなんだよ」

「うん……。わかってるよ」

僕らが見上げる空は、突き抜けるように青かった。

「僕はずっと、町田さんと一緒にいたいんだ」

「うん」

やがて三角屋根の図書館が見えてきた頃、ミネオは泣き始めていた。

「ボクらはもう会えないんだね。お別れなんだね」

「……そうだな」

自転車置き場の片隅に、町田さんが見えた。僕に気付いた彼女が、こっちに向かって手を振っている。横顔ならくっきりと見える町田さんだけど、こうして正面から見ると、曖昧《あいまい》な顔をしている。

「……本当はわかってるんでしょ？」

足を止めたミネオが、泣きながら言った。

「ボクらは町田すみれの声を、聞いたことなんてない」

手を振るのを止めた町田さんは、立ち上がって僕らを見つめる。

「そこには……町田さんなんて……いないんだ」

泣きじゃくりながら、ミネオは言う。

「それは、君の創りだしたマボロシの町田さんで……本当の彼女は東高なんて受けてない」

「…………」

「受験のプレッシャーにつぶされそうだった君は……何かにすがるために……マボロシの町田さんを創りだした。本当の彼女は、どこか別の高校で……今ごろ、堀内や黒沢みたいなやつと、うまくやってるんだよ」

こっちを見て微笑む町田さんに、僕は微笑みながら手を振る。

「そんなことは……わかってるよ」

と、僕は言った。

あれは確かに、僕が創りだした町田さんの幻だ。だけど幻だろうが何だろうが、僕の町田さんは今、僕の目の前にいるのだ。

「ミネオ――」

僕はミネオにゆっくりと向き直った。

「泣くな、ミネオ。泣いちゃだめだ」

ミネオの肩に手を置き、涙が止まるのを待つ。

「だけど、お前だって、本当はわかってるんだろ?」

「わかってるよ」

ミネオが細い声をあげた。

「ボクだって、本当はわかってるんだよ」

「……そうか」

僕はミネオの肩に置いた手に、力を込めた。

「なら、言ってみろよ。本当のことを」

ミネオの二つの瞼《まぶた》から、また涙がこぼれた。

「言わなきゃだめなんだ、ミネオ」

僕は優しく語りかける。

「お前が言わなきゃだめだろう?」

温かな風が吹きぬけていった。

「ボクは――」

ミネオは泣きじゃくり、声にならない呻《うめ》き声をあげる。

「ボクは……君によって……創りだされたわけじゃない」

ミネオの涙は、滝のように流れた。頰《ほお》を伝ったそれが、僕の首筋を濡らしていく。

「本当は……ボクが君を……創りだしたんだ」

ミネオは言葉を振り絞るようにして言った。

「ああ……、そうだな」

そうだったよな、ミネオ、と僕は思う。

中学に入り、友だちに裏切られたミネオは、深く傷ついた。そんなことくらいで、と他人は思うかもしれない。だけど繊細なミネオは、その日から、深く傷つき続け、怯《おび》え続けた。

クラスで孤立したミネオは、やがて「僕」という人格を創りだし、体を僕に譲った。

「ありがとう、ミネオ。よく言えたな」

「………」

他者をシャットアウトするために生まれた僕には、「完璧な断絶」と「完璧に温かいもの」の二つしかない。僕は、ミネオだけを友だちにして、世界と自分の間に壁を作った。だから僕は、これからの世界に、馴染《なじ》むことはできない。

泣きじゃくるミネオを、僕はそっと抱きしめる。両腕と胸に、温かなミネオを感じる。

ミネオのイノセンスを抱きしめるような気持ちで、いつかの授業中のように、僕は、彼と、重なりあっていく。

僕は彼に語りかけた。泣きじゃくりながらミネオは問うた。僕は大好きなミネオに語りかけた。

じゃあ行くよ。サヨナラだけが人生だろ？

いいの？　君は本当にそれでいいの？

いつかは別れなきゃならないんだよ、ミネオ。

だって……、君は寂しくないの？

ああ、大丈夫だ。

本当にお別れなの？

ああ、今までありがとうな、ミネオ。

でも、ボクは不安なんだ。ボク一人でやっていけるか、不安なんだ。

大丈夫。お前ならやれる。ここ最近、おれが高校を休んだときは、お前が行ってたんだろ？

でも……、自信がないよ。

自信がなくたって、これからの世界は、お前一人でやっていかなきゃならないんだ。


「サヨナラだ、ミネオ」

僕はそっとミネオから離れた。重なりあった体が二つに分かれ、僕は歩きだす。

六月だというのに、もう蟬《せみ》の声が聞こえた。大量の蟬が、しゃわしゃわしゃわしゃわと大合唱している。

ゆっくりと、町田さんに近付いていく。駐輪場まで歩いて彼女の手を取り、振り返った。しゃがみこんだミネオが、声をあげながら泣いている。

僕と町田さんは、彼の元に歩み寄った。

僕らは二人で、ミネオの肩に手を置く。ミネオの体温を、僕はもう、うまく感じることができない。

「大丈夫、もう大丈夫だ、ミネオ」

「お前はもう、ミネオくん、大丈夫」

「お前はもう、大丈夫だよ、ミネオ」

最後にもう一度、僕を創りだしたミネオを、ぎゅっと抱きしめる。

君は、優しくて純粋で、無邪気で明るかった。僕が守ってやらなきゃな、って、ずっと思っていた。でも君は、ずっと僕のことを守ってくれたよな――。

「さよなら、ミネオ」

「さよなら、ミネオくん」

泣きじゃくるミネオの体から手を離した。

「行こう」

僕は彼女の手を取り、歩きだした。僕はもう二度と、ミネオの元に戻ることはない。

これは僕とミネオの旅立ちなんだ――。

しゃわしゃわしゃわしゃわしゃわしゃわしゃわしゃわしゃわ。

蟬の大合唱の中、一度だけ振り返った。

ミネオは図書館の敷地に座り込み、生まれたばかりの赤ん坊のように大声をあげて泣いていた。

# ちょうどいい木切れ

西 加奈子

西 加奈子
にし・かなこ

1977年テヘラン生まれ。関西大学卒業。2004年に『あおい』でデビュー。05年に発表した『さくら』がベストセラーに。07年『通天閣』で織田作之助賞を受賞。小説『きいろいゾウ』『しずく』『円卓』『漁港の肉子ちゃん』『地下の鳩』、エッセイ『この話、続けてもいいですか。』など著書多数。

　このような状況を、ずっと想像してきた。

　街を歩くとき、電車に乗るとき、映画館に入るとき。

　とにかく、公共の場に出るとき、慧《さとし》の頭には、いつも、ある思いがあった。何かに夢中になっていても、誰《だれ》かと一緒にいても、慧は体の隅で、「そのとき」を意識していた。そして、消極的に避けてきた。

「向こう」が「こちら」を見つけるほうが、「こちら」が「向こう」を見つけることよりたやすいはずだった。だが慧は、常に心を配り、誰よりも早く状況を察知すべく、努力してきた。「こちら」が先に見つけよう、絶対に。それはほとんど強迫観念のようになって、慧の神経の隅々に根を下ろした。そして、万が一「そのとき」がきたら、速やかにその場から去ろう、そう決意していた。

　今まで数回、このような状況に陥りかけたことがある。だが、「向こう」っぽい人間を発見することはあっても、徹底的に「向こう」ではなかった。それは子供だったり、

「大きすぎたり」した。

だが今、帰宅途中の満員電車の中で、慧は、とうとう「そのとき」がきたのだ、と、思っている。

たくさんの人間の頭が浮かぶ、黒い海のようなさまに、ぽっかりと、穴が空いている。穴の「ふち」にいる人間には分かるだろうが、少しでも離れた渦中の人間、腰を嫌な角度で曲げていたり、足を思い切り誰かに踏まれていたり、数センチ先に知らぬ誰かの体臭を嗅《か》がねばならない切迫した人間には、分からないだろう。

だが、慧には分かった。穴の中、その人がいることは、少し離れた場所からでも、慧の目線では、分かった。

小さな人だ。

すごく小さな人だ。

それも、男である。隣に立っている女の、胸のあたりまでしかない。女は、必死に体をひねって、男の頭に、胸が密着するのを避けている。それを分かっているのかいないのか、男は目をつむって、じっとしている。

慧から見えるのは、穴の奥にある男の頭部だけだったが、電車が揺れたとき、男の首元が見えた。グレーのスーツに、紺と白の水玉のネクタイをしている。

サラリーマンか、よりによって。

慧は、心の中で舌打ちをした。

今まで、「すごく小さな人」と、何らかの形で邂逅《かいこう》することはあると思っていた。それが、街角ですれ違うことであっても、同じ建物にいるというだけのことであっても、慧は避けてきた。そうならないように、願ってきた。

慧は、「すごく大きな男」である。

ひとりでいるだけで、ずっと目立ってきた。

改札を通るとき、喫茶店に入るとき、駅のトイレに立つとき。ある者は目を見開いて、ある者はちらりと横目で慧を見、そして誰もが、驚いていた。

その驚きには、いつまでたっても慣れなかった。はいはい、どうせ驚くんでしょうよ、そう思っていても、それを全身で受け止める覚悟をしていても、「すごく大きい！」に「すごく大きい！」と、驚いていた。

は、やはりひるんだ、傷ついた。

すごく大きいのは自分のせいではない、そう思うのは、もう飽きた。自分のせいでなくても、自分の体はこれしかないのだから仕方がない。だが見知らぬ人の驚異の目は、大きな自分の体の、奥の方、誰にも触れられない部分を疼《うず》かせる。体がすごく大きいからといって、そのまま心がすごく大きいわけではない、当たり前だ。

がた、と、また大きく電車が揺れた。今日は一段と揺れが激しい。中央線快速、慧の降りる駅は阿佐ケ谷である。今は四ツ谷を過ぎたあたり。まだしばらく、この車両に乗っていなくてはならない。すごく小さな人が乗っている、この弱冷車に。すごく大きな自分が、すごく小さな人と同じ車両に乗っているさまを見て、皆、笑っているのではあるまいか。しかも、すごく小さな人も、自分と同じサラリーマンである。グレーのスーツまで同じだ。ネクタイはかろうじて違うが、そんなことはどうでもいい。問題は、すごく大きな人とすごく小さな人が、同じようなスーツを着て、同じ車両に乗っているということなのだ。

満員電車、身動きが取れないのは辛い、と思ったが、かえって良かったかもしれない。自分以外の何かを笑うような余裕は、皆にないのではないだろうか。慧は目だけ動かして、周囲を見渡してみる。何人かと目が合った。いつもそうだ。こういう公共の場所で、慧が視線を動かすと、数人と目が合う。それはその数人が、慧のことを見ていた、ということではないか。

車両に乗り込んだ瞬間、車内中に「うわすごく大きい！」という空気が流れた。「こんなすごく大きい人間と乗り合わせ、窮屈だ」という顔をしている人間もいた。今、斜め前にいる女子高生が、ほとんど身動きの取れない状態で、必死で携帯をいじくっているのは、『すごく大きい人がいるんだけど』と、「呟《つぶや》いて」いるのかもしれない。『すごく大きい人だけと思ってたら、すごく小さい人もいる。うけるw』

などと、追記しているのかもしれない。

慧は、すごく小さな人を、横目で観察してみた。すごく小さな人は、相変わらず目をつむって、電車の揺れを受け止めている。体をよじっていた女も、疲れたのか、すごく小さな人の頭に胸があたるのに、任せている。

急に開き直ったような気持ちになって、慧はまじまじと、すごく小さな人を見た。いくつだろうか。スーツを着ているということは、ある程度の年齢なのだろうが、つるりとした肌や青々とした坊主頭、何より小さな小さなその身長のせいで、少年のように見える。少年が、無理をしてスーツを着ているように見える。

慧は、初めてスーツを着たときのことを思い出す。

大学の卒業式だった。友人と行った店には、慧のサイズのスーツはなかった。慧は友人のほとんど二倍の金を出して、特注のスーツを作った。

鏡の前に立った自分を見て、改めて、「すごく大きい」と思った。紺色のスーツを着た自分は、肩パッドやネクタイの威圧感が加味され、まるで壁のようだった。二十二年間つきあってきた自分でさえ驚いたのだ。店員も、友人も、やはり目を見開いていた。

大学でも有名人だった。もちろん、高校でも、中学でも、小学校でも。

小学生の頃には、慧の身長は、ほとんど大人のそれになっていた。

同級生のことを、ひどく高みから見下ろさねばならず、教師からは、どこかよそよそしい対応をされた。バスに乗っても、子供料金を支払うのをためらうことがあり、その怯《おび》えた態度を見て、運転手はますます、慧の年齢を怪しむのだった。

他の皆のように、教師に甘えたり、感情の赴くままに泣いたり、わめいたりなど、出来なかった。この体でそんなことをすれば、皆が、特に大人がひるんでしまう、ということは、体感として分かっていた。

慧は、意図して「大人」にならざるを得なかった。周囲に気遣い、感情を殺し、意味もなく笑ってみせた。

だから慧は、少年時代を、早くに失った。今では自分に、無邪気な時間があったことすら、覚えていない。

小学校のときには、バレンタインにチョコレートをもらうこともあった。慧は珍しく浮かれたが、のちに、そういう女子は、慧個人を好いたのではなく、慧の、よ、う、な、存在を好いたのだと分かった。「すごく背の大きい同級生」に、そしてそれがもたらす可能性に女子たちは惹《ひ》かれたのであって、自分個人には、興味はなかったのだ。そのことをまざまざと思い知らされたのは、中学に入ってからだった。

入学した途端、部活からの勧誘がすさまじかった。バスケット部やバレー部はもちろん、柔道部、野球部、サッカー部、吹奏楽部まであった。

慧はバレー部に入ったが、まさかの戦力外であった。

それは小学校のときから、うすうす気付いていたことだ。この体で、運動神経がないのである。

慧の苦悩は、そこから本格的に始まった。それは思春期の男子ならだれでも覚える懊《おう》悩《のう》だったのかもしれない。だが、「この体をして普通の能力」という状態には、大いなるものの悪意を感じた。そして、テレビで活躍している「すごく大きな人」を、たびたび憎んだ。

皆それぞれ、「すごく大きい」ことをプラスに変えて、人気者になっていた。ある者は格闘技、ある者はバレーボールやバスケットボール、すごく大きいうえにハンサムな人間は、雑誌の表紙で笑い、海外のランウェイを歩いていた。

中には、自分のように、取り得のない「ただの、すごく大きな人」でも、テレビに出ていることがあった。大概が、ギネス記録や人体の不思議にまつわる番組だった。彼らの身長は、慧よりもうんと高く、2メートル30センチだったり、40センチだったりしたが、見ている限り、彼らは「それだけ」だった。なのに、番組に出ている司会者や芸能人たちは、こぞって彼らに驚嘆し、体を触ったり、握手を求めたりした。その中に、慧の好きな女性芸能人もいた。

慧は、どうせなら、あれくらい大きければ良かった、と思った。そうすれば、「ただの、すごく大きな人」でも、テレビに出ることが出来るし、もし身長が高くなる病気だとしたら、誰も自分を、からかうことは出来ないだろう。ニキビがひどいと言って、笑われることはあるが、皮膚病ということになると、皆、黙ってしまうではないか。自分の不幸は、テレビに出られるほどではない、「すごく大きな人」であること、そこにあるのだ。

慧は自分が、1万円を払ってA席を購入したが、7000円のB席との境のA席に座っている人間のように思った。あともう一歩であっち側、安い金でA席と同じ体験が出来る場所にいられるはずなのに、自分は高い金を払って、「こちら」側の最前線にいる。とにかく、損をしているのだ。

中学に入ってから、慧はチョコレートをもらわなくなった。思春期と共に反抗期が始まり、慧のそれには、自分をこんな体にして、という恨みが加味されることになった。

父も母も、背が高かった。だが、慧ほどではなかった。両親は、「ほど良い高さ」の自分たちの身長を誇りに思っており、自分の子供たちに、熱心に身長を伸ばすことを勧めた。そのおかげで、姉はすらりとスリムな体型になったが、慧の成長は予想以上だった。

姉は慧のことを、「宝の持ち腐れ」だと言った。

だが慧は、自分のこの身長を「宝」とは思わなかった。それどころか、お荷物のように感じていた。それも、とても大きな。

新宿で、たくさんの人が降りた。満員電車の乗降は、個人個人の所業なのに、大きなひとつの化け物が、ずるりと動いていくように見える。慧はいつも、皆より数段高いところからそれを見ているので、尚更《なおさら》だった。

渋谷のスクランブル交差点で、立ち止まってしまいそうになることがある。電車の乗降よりも大きな、ひとつの化け物が動く。もはや個々人の特性はなくなり、大きな化け物を動かすためだけに存在しているように思えるのだ。

慧は、化け物の動きに僅《わず》かに飲まれながら、すごく小さな人を探していた。

頭だけ、かろうじて見えた。この距離から見えているのは、慧だけだろう。

すごく小さな人は、圧力に押され、豆鉄砲のように、車外に飛び出していった。降りたのだ。ほっとした。

慧も、動く化け物の体内を泳ぎながら、新しく乗って来る人間の視線に耐える準備をした。大量に吐き出された後は、大量に飲みこまれて来るからだ。

慧の位置は、進行方向に向かって右の窓側から一人分はさんだところだったが、化け物の移動により、反対の窓側にまで動いた。運良く入口付近のバー前に陣取ることが出来たが、そこは、入って来る人間からすれば、一番目立つところだった。

案の定、乗って来る人間、人間、皆、ぎょっとした顔で慧を見た。慧は、バーを摑《つか》みながら、いつもやる、「なるだけ涼しい顔」をして、その羞恥《しゅうち》をやり過ごそうとした。

プルルルル、と、発車の合図が響く。

その音が鳴っていても、どんどん人間が入って来る。次の電車をお待ちくださーい、という声が聞こえるが、圧は変わらない。胃のあたりが圧迫され苦しいが、他の人間は尚更だろう。いたい、と言う声や、ぐうう、と、喉《のど》が鳴る音が聞こえる。

「扉閉まりまーす！」

そのとき、するりと慧の「足元」に納まった人間がいた。

しまった、と思った。

すごく小さな人だった。

降りたからといって、必ずしも本当に降りるわけではないのだ。本当に降りるのか、「化け物」の一員としていったん降りざるを得なくて、のちまた乗りこんでくるか、最後まで見届けなくてはいけなかったのに。

よりによって、隣とは。

慧はほとんど絶望した。車内を振り返る勇気がない。遠くにいる人間は、すごく大きな自分しか見えないだろうが、すぐ近くに立っている、いい匂《にお》いをさせているからおそらく若い女である人間はどうだろう。メールを打つ気配はないか。笑う気配はないか。慧は体を固くし、祈るような気持ちで立っていた。

すごく小さな人も、同じような気持ちだろう。すごく小さな自分が、すごく大きな人と、隣り合わせているのだ。もしかしたら彼も、このような状況になることを、避けて避けて、生きてきたのかもしれない。

慧は、彼に妙な共感を覚えつつ、同時に、どうして俺の隣に滑り込んできたのだ、そう叱《しか》りたい気分だった。「そちら」が「こちら」を見つけるのは、たやすいではないか。何故、車両を変えるなどの配慮を、しなかったのか。

「大きいなぁ。」

声が聞こえた。

まさか。

慧は、嫌な汗をかいた。周囲の人間が、ぴく、と体を動かす。声は下から聞こえた。それも、随分下から。

いつだって、「大きいなぁ」は、自分のことだろう。東京タワーを下から見上げたときも、太陽の塔を見に行ったときも、どこからかこの声が聞こえ、見るとその人間は、東京タワーでも太陽の塔でもなく、自分を見ていた。あんな大きなものが、近くにあるのにだ。

この状況、満員電車、身長は高くても１８０センチあるかないかの乗客たちの中、「大きいなぁ」は確実に自分に向けてのものだ。それは分かる。

だが、どうして。

慧は思う。

どうして、お前が言うんだ。

すごく小さな人が、すごく大きな人に「大きいなぁ」と、どうして言うんだ。

周囲の人間に、我々を見てください、と宣言するようなものではないか。

皆、ふたりを見て笑うだろう。すごく小さな人と、すごく大きな人が、図らずも車内で隣り合い、あまつさえすごく小さな人が、「大きいなぁ」と、すごく大きな人を、見上げているなんて。

慧は、腹を立てた。お前馬鹿か、と、言いたかった。お互い、今まで、そこそこに辛い思いをしてきたではないか。どうして、もろとも恥をかこうとするのだ。

慧は、すごく小さな人から、ずっと目を逸《そ》らし続けていたのだが、今回のこの、あまりの怒りに、うっかり、ひたと見下ろしてしまった。

すごく小さな人は、こちらを見ていなかった。

え、と思った。

おでこを、ぴたりと窓につけている。景色を見ているのか。車内のほうが明るいから、外が見えにくいのだろう、おでこと、ほぼ眼球すらガラスにつけて、必死で外を見る様子は、やはり、まるで少年である。坊主頭、それにそぐわないスーツ。

そういえば、すごく小さな人は、見る限り、バッグの類《たぐい》を持っていないようだ。このスーツは、見せかけなのか。この人は本当に、少年なのではあるまいか。そういえば「大きいなぁ」という声も、随分と高い、邪気のない声だったように思った。

慧は羞恥を軽く忘れ、すごく小さな人を観察した。

「大きいなぁ。」

また、そう言った。間違いない。明らかに、車外の何かを見て言っているのだ。嘘《うそ》だろ。

状況を考えろよ。隣にこんなに大きな俺がいるというのに、景色を見ての「大きいなぁ」という独り言。天然なのか。それにしては、あまりにあまりすぎる。やはりこの、すごく小さな人は、幼い少年なのか。

じっと観察している慧に気付かず（気付かないなんて！）、すごく小さな人は、熱心に、熱心に外を眺めている。車内の灯りを遮断するためだろう、左右のこめかみに、手のひらを当てた。手の甲に皺《しわ》が寄り、爪《つめ》も黒ずんでいる。大人の手だった。慧は、色々と信じられない思いで、すごく小さな人を見続けた。

ちらとガラスに目をやると、車内の様子が映っている。予想通り、皆、自分と、すごく小さな人を見ている。あからさまに笑っている人間はいないが、それでも、興味津々という風だった。憂鬱《ゆううつ》な満員電車、くたくたに疲れた帰路で、思いがけず面白いものを見つけたような、顔をしていた。メールを打つのだろう、「呟く」のだろう、誰かに会って、話すのだろう。だが分かってほしい、俺は努力したんだ。隣に立ったのは、このすごく小さな人で、挙句、俺の存在に気付かない体《てい》で、「大きいなぁ」などと呟くんだ。こうなったのは、俺のせいじゃない。俺を笑うな、でも、同情もするな。

中野駅に近づくアナウンスが流れると、すごく小さな人は、窓から顔と手を離し、ぴんと背筋を伸ばした。降りるのだ。ほっとした。だが心のどこかで、このすごく小さな人を、もう少し見ていたいと思っていた。

恥をかかされたにせよ、腹が立つにせよ、慧の心にあるのは、やはりひどく濃厚な共感だった。少年ではないのに、まるで少年のような体。わざわざ目立つような坊主頭と、高い声。

慧は、「我々」にしか分からない悩みを、話さずとも分かり合いたかった。驚異の目にずっとさらされてきたそれぞれの体の、羞恥と疲労の匂いを、もっとかぎたいと思った。

そのとき、すごく小さな人が、こちらを向いた。驚いて、あ、と、声をあげそうになった。

「取ってもらえるかな。」

すごく小さな人は、そう言った。ほうれい線のある口元には、うっすらと髭《ひげ》の剃《そ》りあとが見え、みけんに深い皺がある。それなのに、肌はつるつると桃色で、剃りあげた頭は青々と健やか、その対比が、奇妙だった。まるで、幼いまま年を取ってしまったかのようだ。

「え、あの。」

すごく小さな人が指さしたのは、慧の頭のあたりだった。

「その、網棚の。」

振り向くと、網棚の上に、黒と白の水玉模様の紙袋があった。

「あ、ああ。」

網棚の上のものを取るのに、自分ほど適した人間はいない。だが、すごく小さな人は、ただあなたが網棚の横に立っていたからだ、という風、いかにも自然な調子だった。

周囲の視線を感じながら紙袋を取ると、ずしりと重い。咄嗟《とっさ》に、こんな重いもの、このすごく小さな人が持てるのか、と思った。見るつもりはなかったが、中が見えた。

木だ。

たくさんの木切れが、ぎゅうぎゅうに詰まっている。

慧は驚いているのを悟られないように、すごく小さな人に、紙袋を渡した。いつもそうだが、自分が誰かに何かを渡すとき、「与えている」という感じになる。そんなつもりは毛頭ないのに、どこか偉そうに見えるのだ。こんなに小さな人だと、尚更である。

手渡すと、すごく小さな人は、予想に反して、まるで軽やかに紙袋を抱えた。

「ありがとう。」

いかにもぺこり、という感じの頭の下げ方や、佇《たたず》まいが、どうしても少年の雰囲気をたたえている。この人はきっと、ずっと、可愛い、と言われ続けてきたのだろう、と、慧は思った。デリカシーのない女たちに。

扉が開く。

新宿のときよりは小さい、大きなひとつの化け物が、ずるりと動いた。端に立っていた慧はもちろん降りたが、そのまま、すごく小さな人の後に続いて、ホームを歩きだしてしまった。自分でも驚いた。思わずだった。

すごく小さな人は、慧にとって、あまりにも不可思議だった。少年のような佇まい、似合っていないスーツ、木切れがたくさん入った紙袋、そして、慧のことを、この、背の大きすぎる自分のことを、気にも留めない態度と、タイミングの悪すぎる独り言。

一体何なのか。

こうやって後をつけたところで、正体が分かるわけではないが、かといって、このまま阿佐ケ谷まで帰るのは嫌だった。時刻は18時54分。少し寄り道をしたところで、明日に支障はあるまい。

すごく小さな人は、北口の改札を出た。慧が見る限り、ぴょこ、ぴょこ、という可愛らしい歩き方と、その小さな身長のせいで、すれ違う人間や、追い抜いてゆく人間に、ちらちらと見られている。あれだ、あの視線だ。たった今も、その視線を自分に感じる。長らく経験したが、絶対に慣れない、この視線。

すごく小さな人は、どう思っているのだろうか。

慧は勝手に、すごく大きな自分がこうむる視線と、すごく小さな人がこうむる視線は、似ていても、非なるものだと思っていた。こちらを見る視線にも、すごく小さな人を見る視線にも、「驚嘆」という共通する感情はあるが、自分のほうには、それに加え「畏怖」が、そして、すごく小さな人に対するそれには、うまくいえないが、「畏怖」とは真逆の何かがあるように思っていた。デリカシーのない女たちが言う、「可愛い！」や、その類のものだ。それはきっと、我々のような成人男性にとっては、屈辱的なものであるに違いない。

つまり正直に言うと、慧は今まで、ぶしつけな「驚嘆」の視線を感じるたび、絶望する心のどこかで、「すごく小さな人よりはましだ」という思いを、もってきたのである。

そういう人が、今、自分の目の前を歩いている。北口を出てすぐ右に折れ、線路沿いを新宿方面に戻るように、歩いている。

慧は今や、すごく小さな人に、振り向いてほしかった。自分の存在に気付き、話しかけてほしかった。ふたり並んで歩くさまを見て、皆笑うかもしれない、「呟く」かもしれないが、かまうものか、という気持ちだった。それほど情熱的な気持ちであったのに、自分から話しかけることをしないのは、やはり過去の記憶のせいだった。

すごく大きな自分が、何かしら話しかけると、大概の人は、びく、と体を震わせた。以前、落ちていた財布を届けに行った交番で、慧を見たふたりの警官が、目に警戒の色を走らせて、さっと立ちあがったことがあった。そのときの屈辱を、怒りを、慧は忘れることが出来ないのである。

俺は、ただ、すごく大きいだけなんだ。

その思いは、「ただのすごく大きな人」に甘んじている自分への苛立《いらだ》ちと、大きく矛盾していたが、慧はとにかく、腹を立てていた。「社会」という風に呼ばれる大きな塊や、「偏見」という風に呼ばれる大きな空気や、その他諸々のことに、そして結局は、自分の身長に対して、腹を立てていた。

すごく小さな人は、左に折れ、住宅街に入った。

ここまで来ると、歩いている人間はまばらで、だからこそ、薄暗がりの中のすごく小さな人と、すごく大きな人に、驚いていた。

すごく小さな人は、歩くのが速かった。ぴょこ、ぴょこ、と、飛びあがるように歩くのだが、一歩一歩を踏み出すのが、異常に速い。なので余計、「可愛く」見えた。

住宅街に入って、すぐに右に折れ、一本目を左に入った。そこは、思いがけず長い、まっすぐな一本道だった。道の先には、低く光った月が見える。絵に描いたような満月は白く、輪郭がくっきりとしていた。

気付くと、とうとう、自分たち以外の人間がいなくなっていた。街灯の光が斜めに射し、すごく小さな人と、すごく大きな人の影を、アスファルトに貼りつける。すごく小さな人は、駅からここまで、一度も振り返っていない。時折、近づきすぎる自分の影が、すごく小さな人を追い越すこともあるのに、すごく小さな人は、どこか目的地、それはきっと自宅なのだろうが、を目指して、わき目もふらず、歩いている。

どうにか、話しかける術《すべ》はないものか。

向こうがこちらに気付かない限り、帰り道一緒ですね、と嘘をつくことも出来ないし、僕はすごく大きいですけど、あなたはすごく小さいですね、などと言えるはずもない。スーツ着てらっしゃいますけど、サラリーマンですか？　バッグも持ってないんですね？　どれもだめだ。だが。

慧は、紙袋の中身を思い出した。

びっしり詰まった木切れは、何のためだろう。そういえば、妙な紙袋を持っているということにおいても、彼はとても不可思議だったのだ。

慧は、きょろきょろと、あたりを見回した。

改めて住宅街で木切れを探そうとすると、思いの外難しかった。幼い頃は、そんなことたやすかったはずなのに、木切れなど、落ちていないのだ。慧はみっともなくウロウロしながら、結局は人の家に生えている、こぶしの枝を折った。ぱき、と音がしたが、すごく小さな人は、慧が木切れを探している間に、もう随分遠くへ歩いていってしまっていたので、その音が聞こえることはなかった。慧は足を速めた。

「あのう。」

他人の家の木の枝を折ってしまうという、慧にとっては珍しく大胆なことをしたせいか、存外あっさりと声をかけることが出来た。

すごく小さな人は、歩みを止めた。そして、くるり、という感じで振り返った。街灯の光に照らされ、月を背景に、顔はつやつやとして、やはり彼は、少年に見えた。

「はい。」

「あの、この、木、落としましたよ。」

慧が折った枝を差し出すと、すごく小さな人は、ひょこひょこ、と、近づいてきた。デリカシーのない女、ではない自分でも、その姿には、可愛い、と声をあげそうになった。

「うーん。」

すごく小さな人は、眼球を木切れに近づけた。じっとそれを見て、

「これ、俺んじゃない。」

と言った。

「え。」

分かるのか。慧は恥ずかしかった。人の家の木を折ってまで話しかけた自分が、あさましい人間のように思えた。

「似てるけどね。」

だが、すごく小さな人は、その場を去らなかった。そのことが、ああ、と声に出したいくらい、慧を安堵《あんど》させた。

「すみません。これ、実は、そこの木を折ったんです。」

自分は、寂しかったのだ。慧は思った。恥ずかしかったが、真実だった。

「そうだね。生きてる感じがするもんね。あと、細いよね。」

すごく小さな人は、何故嘘をついたのかと、聞かなかった。そのことがますます、慧を素直にさせた。

慧とすごく小さな人は、自然に、高低差がありすぎる肩を並べ、歩き出した。月が白く光り、ふたりして、月に向かって歩いているようだった。

「なんで、木切れを集めているんですか。」

「これで、芸術作品を作るから。」

「芸術作品？」

「うん。」

「そうですか。あの、どんな？」

すごく小さな人は、返事をしなかった。急にしゃがんで、小さな木切れを拾った。

「こういうのも、使うんだよねー。」

つまようじのような、細くて小さな木切れだった。これだと、自分が折って渡したこぶしの枝の方がいいのに、と、慧は思った。

「僕のこと、すごく大きいなと、思いませんか。」

「思うよ。大きいね。」

「でもさっき、電車の中で、外を見て、大きいなあと言ってましたよね。」

「え！　そう？　覚えてないなぁ。」

すごく小さな人は、嘘をついている風ではなかった。首をかしげ、必死に何かを思い出していた。その仕草がまた「可愛く」、慧はそう思った自分を、心の中でなじった。

「あーでも、今日は早く帰れて良かった！」

「いつも、遅いんですか。」

「そんなに遅くない。」

一軒の家の前を通りかかったとき、犬が吠《ほ》えた。すごく小さな人は、その犬のほえ声を真似《まね》して、ききき、と笑った。

「あの、どこかにお勤めなんですか。」

「ううん。」

「じゃあ何故スーツを。」

「好きだから。」

「へえ。」

「スーツってみんな同じだから面白いよねー！」

屈託なく慧を見上げるすごく小さな人を見て、慧は、この人はもしかしたら、妖精とか幻とか、その類なのかもしれない、と思った。だが地面を見ると、彼の影はしっかりとそこにあって、きちんと、生きているのだった。

「あの、すごく小さいですよね。」

「うん。すごーく小さい。」

あっさりと答える。慧は、段々、夢を見ているような気持ちになってきた。

「あの、小さくて、損をしていると、思ったことはないですか。」

「あ、また木。」

すごく小さな人は、さきほどのよりも太い、いくぶんしっかりした木切れを拾った。

「猿の指みたいですね。」

慧が言うと、また、ききき、と笑う。

「何を大きいと思ったんですか。」

「何?」

「さっき、電車の中で、何を大きいと思ったのかな、て。月ですか?」

「月も大きいよね。」

「月以外は?」

すごく小さな人は、さきほどと同じように、首をかしげた。坊主頭に街灯の光が当たり、すごく小さな人は、自身で発光しているように見えた。

「僕も大きいでしょう。」

「大きいね。」

「そうですか。」

「うん、すごく大きい。」

「あなたは、すごく小さいですね。」

「うん。小さい。」

「すごく。」

「すごくね。」

すごく小さな人は、慧を見上げた。にこにこと笑った顔を見て、この人とは、何も共有出来ないなぁ、と思った。何も分かりあえないし、羞恥と疲労の匂いを、などと思っていた自分が、馬鹿らしかった。お互いがまとっている匂いはまったく別物で、そして、この人はきっと、人気者なのだろうな、と思った。どのような場所で、どのようにかは分からないが、とにかく、人気者だ、と。何故なら慧はそのとき、わくわくと嬉《うれ》しかったからだ。

「あ、木切れありますよ。」

慧がかがむと、大きな岩が折れ曲がっているみたいだと、昔誰かに言われたことがある。すごく小さな人は、慧のその様子を見て、目を見開いた。わあ、と、声に出した。

「ほら。」

慧が渡した木切れは、綺麗《きれい》なUの字をしていたが、すごく小さな人は、

「そんなんじゃないんだよ。」

と言った。

「尖《とが》ってるのがいいんですか。」

「そういうことでもないよね。」

慧とすごく小さな人は、それから、木切れを探して、夜の住宅街を歩いた。紙袋を持つと申し出ると、すごく小さな人はあっさりと渡してきた。それはやはり、ずしりと重

かった。

「あ、こういうの！」

すごく小さな人が拾ったのは、さきほど慧が折ったこぶしの枝と、大差なかった。だがすごく小さな人は、嬉しそうに、それを紙袋にしまった。紙袋は、入れた小枝分、重くなった。慧は、その重さが、嬉しかった。わずかしか、ほんのわずかしか変わらないが、それでも、小枝に重みがあることが、嬉しかった。

慧と、すごく小さな人は、夜の住宅街を、歩き続けた。ふたりの影は、ときにくっついて塊になり、また離れてそれぞれになった。慧は、夢中になりすぎて、うっすらと汗をかいていた。

いつから、大人になったのだろうか。

幼い頃、慧は父親から、散々、飯を食えと諭された。

「食え、じゃないと大人になれないぞ。」

慧は、言われるままに食べた。たくさん食べないと、大人になれないと、本気で思っていた。だが慧の知っている大人は、慧ほど食べなかったし、慧ほど大きくなかった。大人ってなんだ。背が高いから大人なのか。そうじゃないと気付いた頃には、慧の身長は、もう両親をゆうに超えていた。慧は両親だけでなく、周囲の大人たちより、うんと大きくなった。だが、自分が大人なのか、そうでないのかは、やはり分からなかった。

大人って何だ。

慧は、まっ白に光る月を見た。

「僕の名前、慧っていうんです。」

「さとし。」

「はい、彗星《すいせい》の彗に心って書いて。」

すごく小さな人は、慧の言うことを理解していないようだった。

「ハレー彗星が近づいた年に、僕生まれたんです。」

「ハレー！」

やはりこの人とは、共有できない。

すごく小さな人は、しばらく慧のことを見ていた。じっと見て、それで、

「俺が作ってるのは、そういうことなんだ。」

と言った。

「え？」

すごく小さな人は、紙袋を覗《のぞ》いた。とても嬉しそうだった。

「これで、そういうことを作ってるんだ。」

「そういうこと。」

すごく小さな人が、前方を指さした。

指さした先が、何かは分からなかった。しんと静かな住宅街と、白くて丸い月、ゆっくり動くふたりの影と、もう死んでしまった枝。慧は何故か、新宿で、中野で、ずるりと動いていった、化け物のことを思い出していた。決して分かり合うことのない個々人が、それでもくっついて出来た化け物を、思い出していた。そしてあのとき、すごく小さな人が言った「大きいなぁ」という言葉を、今、自分も体感しているような気がしていた。

前方に、また、木切れが見えた。

慧と、すごく小さな人は、同時に、「あ！」と、声をあげた。そして、同時に駆け出した。慧が持った紙袋が、世界を孕《はら》んで、がたがたと音を立てた。

# すーぱー・すたじあむ

柳 広司

柳 広司
やなぎ・こうじ

1967年生まれ。2001年『黄金の灰』でデビュー。同年、『贋作「坊っちゃん」殺人事件』で朝日新人文学賞受賞。09年『ジョーカー・ゲーム』で吉川英治文学新人賞、日本推理作家協会賞をダブル受賞。著書に『はじまりの島』『新世界』『ダブル・ジョーカー』『キング&クイーン』『ロマンス』『怪談』『パラダイス・ロスト』など。

……竜次《りゅうじ》が補導された。

1

翌朝グランドに行くと、野球部《クラブ》の連中の様子がおかしかった。もうすぐ練習開始時間だというのに、まだユニフォームに着替えていない奴《やつ》さえいる。

「なにやってんや。着替えて練習始めようや」

僕の呼びかけには、しかし誰も動こうとしなかった。

「どないした？　監督が来るまでにランニングしとかな、またうるさいで」

キャプテンのシミズが僕を振り返った。いつも笑っているようなシミズの細い目が、今朝は妙に引きつっていた。

「監督やったら、もう来てはるわ。いま、顧問のセンセと打ち合わせしてるとこや」

「打ち合わせって、なんの？」

シミズは周りを見回して声をひそめた。

「聞いとるやろ。竜次の一件」

僕は肩をすくめて答えた。

「昨日の夜中、駅裏のゲーセンで……か」

「だから、ほれ、コーヤレン対策や」

ああ、と僕はようやく状況を理解した。

遅ればせながら、みんなの囁《ささや》きが耳に入ってくる。ことさら不安げな声の主は、レギュラーになったばかりの二年生のニシキだ。

「明日の試合、大丈夫ですよね？　まさか出場停止なんてことは、ないですよね？」

質問には誰も答えない。僕は黙ったまま、一回、二回とグラブにボールを放り込んだ。

左手の人差し指のつけねにボールが吸い込まれていく感触を確かめる……。

夏休みの深夜、素行のよくない高校生がゲームセンターで補導された。それ自体は別に珍しいことではない。

困ったことに、補導された竜次は元野球部員だった。

日本高校野球連盟。通称コーヤレンは、この手の話に敏感だ。それはもう異様としか言いようがない。僕たちはみんな、現役野球部員の不祥事（？）はもちろん、元野球部員やOBがらみのトラブルが理由で出場停止となった例を、耳にタコができるほど聞かされている。

何年か前にも隣の市の野球部が出場停止処分を食らったことがあった。顔も見たことがない卒業生の暴力事件が理由だ。もちろん、そんなのはどう考えたって理不尽だ。三年間のゴールを目の前でひょいと取り上げてしまう、そんな無神経なことがどうやったらできるのか、僕には想像もつかない。その手の話を聞くたびに、僕らはいたく憤慨していたものだ。でも、事件はいつも他人事だった。妙なもので、まさか自分たちの身に厄災が降りかかることになるとは考えてもいなかった。

しかし、と言うか、だから、と言うべきなのか、きっちり事件は起こった。しかも、よりにもよって明日が地区大会の初戦、僕たちの試合なのだ。僕たち三年生にとっては最後の夏だった。

「なあ、なんか詳しい話を聞いてへんのか？」

顔を上げると、声の主はピッチャーのヨシカワだった。少々事情があって、野球部の中では僕が竜次のことには一番詳しいことになっている。

「なんかって、なに？」

ヨシカワは辺りを見回し、僕の耳に口を寄せた。

「まさか竜次の奴、わざとやったんやないやろな？」

「そんなアホな!」

僕は軽く笑い飛ばしたが、ヨシカワの目はマジだった。周りを見回すと、どうやら同じ疑惑はみんなの胸にも巣食っているらしい。

「あの野郎、どこまで部に迷惑を掛けたら気が済むんや」

「退部してほっとしたと思てたのに……これかよ」

みんな僕の方を見ない。僕もみんなと目を合わさないよう、グランドにしゃがんで、緩んでもいないスパイクの紐《ひも》を丹念に結び直した。

……そう言えば、竜次もよくこうやって練習中にスパイクの紐を結び直していた。

「ちょっとでも緩んどると、気になってしゃあないんや」そう嘯《うそぶ》いては、口笛を吹きながら紐を結び直していた竜次の小さな背中を僕は思い出す。

みんなは高校に入ってからの竜次しか知らない。僕だけが小学生の頃からの竜次を知っている。

当時、竜次は僕らのヒーローだったのだ。

2

僕が地元の少年団で野球を始めたのは小学校四年生の時だ。

幾つかあったなかで僕が選んだのは〝リトル・マリナーズ〟という名のチームだった。理由は他愛もない。子供心にいかしたチーム名のように思えたからだ。

　入団したその日、僕は竜次とはじめて口をきいた。学年も同じだったし、帰る方向も途中まで一緒だった。「野球を始めるんだ」という自分の決意に興奮していた僕は、帰り道ずっと喋《しゃべ》りっぱなしだった。竜次はニヤニヤ笑いながら、黙って僕の話を聞いてくれていたが、僕がチーム名への憧れを口にした途端、急に腹を抱えて笑い出した。僕は足を止め、ぽかんとして竜次を見守った。

「うちのチーム名がかっこええやって？　どこがや。監督が、自分のヨメはん自慢しとるだけやないか」

「監督の……奥さん？」

「うちの監督、えらい変わった人でな。今だに自分のヨメはんにぞっこんなんや」

　竜次は目に浮かんだ涙を拭って言った。

「酒呑《の》むと、よおノロケとるわ。『俺のヨメはんは世界一や』言うてな。俺らに言わせりゃ、たんなるケバいオバチャンやけどな」

　なんのことか分からず、ぽかんとしていると、竜次はニヤリと笑って言った。

「監督の奥さん、茉莉奈《まりな》いう名前なんや」

「それで……チーム名が……リトル・マリナーズ？」

僕はよほど間抜け面で立ち尽くしていたのだろう。竜次はまたぷっと吹き出し、しばらく腹を抱えて笑った後で、僕の肩を叩《たた》いて言った。

「ま、どないな理由にせよ、もう入ってしもたんや。あとは頑張るしかないで。言うとくけど、うちの監督、ヨメはんの前では鼻の下長《なご》うしとるくせに、俺らに対しては鬼や。練習は虎の穴くらいキビシイで。うちが強いのは、そのおかげなんやけどな。ははは」

そう言って笑う竜次は、やけに嬉《うれ》しそうだった。

詐欺のような名前のチームだったが、竜次の言葉どおり、練習はきつく、試合には強かった。地区では負け知らず、県でも何回戦かまで勝ち進むのが当たり前だった。そのチームにあって、竜次はただ一人、四年生ですでにレギュラーだった。しかもピッチャーである。

小柄な竜次が体いっぱい使って投げる球に、相手チームは面白いように三振凡打の山を築いた。僕なんかがまだ外野の、さらに奥の草むらで〝球拾い〟ならぬ〝球探し〟をやらされている時の話だ。僕の中で、竜次はたちまちヒーローの座に上りつめていった。

竜次の特徴は、なんと言っても向こう気の強さと大きな声だった。小学生のくせに、だ。その大きな声で、球審の判定に文句をつけることもたびたびだった。もちろんその度に鬼監督にこっぴどく叱《しか》られるのだが、竜次はけろりとしたものだった。

実際、竜次の勢いのいい大声での叱咤《しった》激励は、たびたびチームを盛りあげた。竜次の声には何としても勝つんだという意気込みがあふれていた。

「わいらの勝負に負けはないんや！」

それが竜次の口癖だった。やがて気づくことになるのだが、竜次の言わんとするのは〝格上の相手にも絶対勝てる〟というわけではなく、〝勝つまでとことんやる〟というほどの意味だった。だからこそ〝試合〟ではなく〝勝負〟なのだ。思いこみとは恐ろしいもので、実際に負けていた試合にしばしば逆転勝利をもたらしたのは、その根拠のない確信だった。

六年生の時、僕たちはついに県大会で優勝した。その時のエースで四番が竜次だ。真っ先に胴上げされたのも竜次だ。竜次の体が、ぴかぴか光る夏空に二回、三回と舞った光景を僕ははっきりと覚えている。

……それが竜次の絶頂期だった。

僕と竜次は同じ中学に進んだ。もちろん二人とも野球部に入った。入部当時、県の優勝ピッチャーということで、竜次は先輩たちからも一目置かれていた。

中学になっても、竜次は相変わらずの向こう気の強さと大声で、誰彼かまわず容赦ない罵声を浴びせた。

「なにやってんねん。幼稚園児でも捕れる球やで」

「あーあ、アホらし。あんた、ようそんなんで野球やってんなあ」

「どんぐさいなあ。野球なんかやめた方がええんとちゃうか」

先輩であろうが、試合中であろうが、〝絶対に勝つ！〟という竜次の意気込みの前には区別がなかった。実績だけが、竜次にその振る舞いを許していたのだ。

しかし、状況はやがて変化しはじめる。

中学生になると、少年たちは日に日にその姿を変えていく。ミリミリと音を立てるように背が伸びていくのだ。僕も例外でなく、一年で十五センチも背が伸びた。比例して走力や筋力もぐんと伸びた。ところが竜次は——。そう、竜次は例外だった。どういうわけか竜次だけは、その自然の恩恵から除外されてしまったのだ。

身長一五八センチ。元々小柄だった竜次の身長はそこでぴたりと成長を止めた。周りがどんどん大きくなっていくなか、竜次一人が取り残された。

技術的に大して違いのない中学生にとって体格差は絶対的な意味を持つ。竜次の投げる球は、この僕にさえ、軽々と外野の頭を越えて打ち返されるようになった。そして、それとともに竜次に対するチームメイトの目は少しずつ変化し始めたが、竜次だけがその事実に気づいていないようだった。

二年生の夏、竜次は変化球を覚えようとして肘《ひじ》を壊し、中学最後の一年間を棒に振った。

僕と竜次は同じ高校に進み、そして野球部に入った。

竜次は相変わらず小柄だった。その頃には、竜次の大声と向こう気の強さは、僕の目から見ても常軌を逸し始めていた。竜次は相変わらず、先輩であろうと試合中であろうと、誰彼かまわず怒鳴り飛ばした。実力の裏付けのない竜次の罵声を誰が甘んじて受けるだろう？　もちろん、そのことで先輩から何度もシメられた。竜次一人ではない。連帯責任の名の下に、僕たち一年生が一列に並べられ、順にビンタを食らうのだ。

竜次はたちまち部内で孤立した。が、それでも竜次の傲慢《ごうまん》さは変わらなかった。

「わいはピッチャーですねん」

竜次は頑として言い張った。チームにはすでに長身のピッチャー候補が二人いた。監督は竜次の小学生からの野球経験を買って、セカンドをやらせようとしていた。しかし監督や顧問の先生が何度言っても、竜次は譲ろうとはしなかった。

「ピッチャー以外は、アホらしゅうてやれまへんわ」

竜次は壊れたレコードのように、その台詞《せりふ》を繰り返すだけだった。最後に監督は吐き捨てるようにこう言った。

「竜次よ、野球はチームプレイなんや。お前にはむいてないんちゃうか」

そんなわけで、竜次のピッチング練習につき合う奴は誰もいなかったから、竜次は壁に向かって一人でピッチング練習をすることになった。黙々と、ではない。得意の大声で悪態をつきながらだ。

「ちくしょう」「あほんだら」「このボケが」……。

隣で練習をしているテニス部から苦情が出たほどだ。だから竜次が肩を痛めたとぼやいているのを聞いた時も、同情する奴は誰もいなかった。

竜次の肩はなかなか治らなかった。腕が肩より上がらなくなり、しびれがきて箸《はし》が持てなくなって、竜次はようやく医者に行った。

それから二、三日して、竜次が青い顔で部に現れた。その手には、休部届けと医者の診断書が握られていた。後から監督に聞いたところでは、竜次の肩と肘は靭帯《じんたい》がぼろぼろで、これ以上野球を続けることを禁じられたらしい。そのことを聞いた時でさえ、正直なところ部の誰もがほっとしていたのだ。それきり竜次はグランドには一度も姿を現さなかった。休部届けは、結果として退部届けとなってしまった……。

3

待っていても監督はなかなか戻りそうにないので、僕たちは落ち着かない気持ちのまま、ランニングと軽いキャッチボールを始めた。始めてみれば、何もしていないよりは体を動かしていた方が気が楽だった。

ていた。

「おっこいぇー」「おーえー」

いつもながらの意味不明の掛け声とともに、僕たちは気のないキャッチボールを続けていた。

グランドに予想外の人影が現れたのはそんな時だ。

僕たちは動きを止め、人影に目を凝らした。何か間違った光景を見ているという奇妙な気分がした。

だが、陽炎《かげろう》に揺れながら近づいてきた人影は、もう見間違いようがなかった。竜次だ。

しかし竜次が、今この瞬間、どうやったらこの場に現れることができるのだ？

バックネット前までやってきた竜次は、呆気《あっけ》に取られている僕たちに向かってひょいと手を挙げた。

「よお、暑い中ご苦労さん。相変わらず無駄な頑張りしてるこっちゃなあ」

皮肉の棘《とげ》が、ただでさえ薄くなっている皮膚に容赦なく突き刺さる。その一言で、みんなは我に返り、一斉に竜次に詰め寄った。

「どのツラさげてこの場に現れたんや！」

「お前のせいで出場停止になるかもしれへんのやぞ！」

「自分が野球できへんからいうて、アホなことすんなや！」

竜次はぽかんとして、ニキビ面がまだらに紅潮したみんなの顔を眺めていた。奇妙なことに竜次は、自分が現れたさいに当然発生するであろうこの反応を少しも予想していなかったようだった。やがて、竜次の顔にいつもの薄ら笑いが浮かぶのを、僕は見た。部員たちの息が上がったところで、竜次は素早く反撃に出た。

「明日はどうせ負ける試合やったんやろ。ええ言い訳になってよかったやないか」

みんなは、怒りに顔を赤黒く変化させながらも、後に続く言葉を見失った。

明日の対戦相手は去年の大会の準優勝校だ。順当に考えて、うちの高校が勝てる相手じゃない。それどころか、コールドで負けても少しの不思議もない。そんなことは組み合わせが決まった瞬間から覚悟している。しかし、それを決して口にしないことが僕らの不文律だった。そうでなければ僕たちはこの三年間の意味を見失ってしまう。サッカー部の奴らが髪を長く伸ばし、ピアスをしているこの時代に、何のために坊主頭で過ごさなければならなかったのか？　その理由が分からなくなる。

竜次はみんなの心を見透かしたように追い討ちをかけた。

「大体、こんな気のない練習しとるくらいやったら、はじめからやめといた方がええんとちゃうか？」

何人かの赤かった顔がさっと青ざめ、今にも竜次につかみかかりそうな気配になった。竜次は薄ら笑いを浮かべた顔でみんなを見回した。そして、くるりと後ろを向くと、来た時と同じように悠然と立ち去った。

みんながその背中を睨《にら》みつけ、言葉を吐き捨てた。

「もう二度と顔出すんやないで！」

竜次が校舎の陰に見えなくなると、僕たちは、またぞろぞろと練習を再開した。

「おっこいぇー」「おーえー」

間の抜けた掛け声がふたたびグランドに響く。日差しは強く、グランドには他の部の奴らの姿も見えない。蟬《せみ》だけが、やけくそのように力を振り絞って鳴いていた。

突然、そんな全ての情景を圧する大声がグランドの隅にわき上がった。

うぉーぉーぉー……。

振り返ると、またしても竜次だった。自転車に乗った竜次が、大声で怒鳴りながらグランドに駆け戻ってきたのだ。

竜次の怒鳴り声はドップラー効果を上げながら、まっすぐに突っ込んできた。みんなは慌てて鉄砲玉の進路から飛《と》び退《の》いた。竜次は一直線に突っ込んで来ると、マウンドの上でタイヤをドリフトさせ、土埃《つちぼこり》を巻きあげて止まった。そして自転車から飛び下りると、カゴに積んであった西瓜《すいか》を両手でつかんで高々と投げ上げた。

青空に向けて緑と黒の球体がゆっくり回転しながら上昇していく……とは後で勝手に思い描いたイメージで、実際には西瓜は浮かぶ間もなくマウンドに叩きつけられた。

グシャという音がして、汁けの多い赤い実がマウンドに点々と散らばった。その間、僕たちは呆《あき》れて口もきけずに見守っていた。

竜次は肩で大きく息を吸うと、自転車にまたがり、元来た道を駆け去った。

うぉーぉーぉー……。

ふたたび竜次の声がドップラー効果を上げながら遠ざかっていく。

シミズが僕を振り返って苦笑した。

「あれやもんな……。竜次の奴、昔からちょっとも変わってへん」

僕が返事をしなかったので、その先のシミズの言葉は頭を掻《か》きながらの独り言になった。

「まるで拗《す》ねたガキや。ヨーコちゃんも、ようあんな奴とつき合ってるわ……」

僕は黙って肩をすくめた。

昔から竜次の記憶には果物のイメージがついて回る。イメージの大部分は竜次の家が八百屋をやっていることに起因しているのだが、それに加え、竜次はことあるごとに家の野菜や果物を持ち出してきた。竜次の機嫌のよい時は、練習の後、水気の多い果物が部員全員に振る舞われた。機嫌の悪い時は、例えば、部室の前にバナナの皮が一面に敷き詰められたりする。どちらにしても、まともな高校生のやることではない。シミズが〝拗ねたガキ〟と言ったのはそういう意味である。

一緒くたに語られた〝ヨーコちゃん云々《うんぬん》〟というのは、これは全く別の話だ。

ヨーコは、僕の一つ下の妹のことである。こいつが竜次とつき合っている。少々事情があって、と言うのはこのことだ。別の高校に通っているこの妹は、兄の僕が言うのも何だが、今のところ少々グレている。うちの親なんかはとっくに諦めていて、妹も家の中では唯一僕とだけ口をきく有様だ。本来ならば十七にもなった妹がどんな奴とつき合おうと僕の知ったことではないのだが、彼女が竜次に惹《ひ》かれた元々の原因が、どうやら小学生の頃から僕が家で竜次を散々ヒーローに祭り上げていたせいのようなのだ。僕にいささかの責任があると言えばあるような気もする。ない、と言えばないのかもしれない。難しいところだ。世の中という奴は、野球のルールほどにははっきりしていない。

……とまあ、そんなところが、西瓜の破片が散らばるマウンドを前に僕が肩をすくめた理由である。しかし、僕の深遠な悩みはともかく、当面の問題はマウンド上の掃除だった。

「一年！　何してる、さっさと動かんかい！」

僕の号令で、一年生部員がクモの子を散らすように駆け去った。三年になるというのはえらいものだ。年をくうのも、悪いことばかりではない。一年生たちは、たちまち屑《くず》籠《かご》をどこからか見つけてきた。西瓜の破片を集めるには大きすぎたが、それをとがめ立てするほどには僕たちも意地悪ではない。

掃除をしながらも、一年たちの口は止まることを知らなかった。

「もったいないなあ。これ、よお冷えたスイカやんか」

「お前、ちょっと食ってみいや。どや、このへんなんかまだ食えるで」

彼らの声をひそめたやり取りには、どこか浮き浮きとした調子が感じられた。一年たちは練習を中断したこの真夏の珍事を楽しんでいるのだ。

でもまあ、それも無理もないことだった。彼らにはまだ二年間のチャンスが残っている。それを〝無限〟だと思っているに違いなかった。

僕たち三年生だけが、最後の夏の日差しにちりちりと焦げていた。

騒ぎが一段落するのを見計らったように、監督が現れた。詳しいことは分からないが、僕たちはどうやら出場停止だけはまぬがれたようだった。

4

翌日は朝から雲一つない晴天だった。

「今日も暑なりそうやな」

球場へ向かうバスの中で僕たちはそう言い合った。夏が暑いのは分かり切ったことなので、今更その事実に対して文句をつけるわけではない。第一、少々暑いからといって、僕らのプレーに大した影響が出ることはない。そのために毎日、炎天下で長時間の練習をしているのだ。地球の温暖化は僕たちが一番よく実感している。

けれど、風は別だった。

朝から吹き始めた南風は、僕たちの試合が始まる正午が近づくにつれて次第に強くなった。ライトからレフト方向にセンターポールの旗が激しくはためいている。目の前で行われた第一試合でも、風の影響なのか、それともたんに下手《へた》なだけなのか、イージーフライを取り落とす場面が何度も見られた。

高台に新しく作られたこの球場の設計者は、どうやら野球を知らない奴らしい。でなければ、陰険な変質者に違いなかった。なにしろスタンドの隙間からグランドへ向けて、強風がもろに吹き抜けているのだ。

「クラスの奴らも応援に来てくれる言うとったのに、エラーしたらかっこ悪いなぁ」

ライトを守ることになっているコバヤシが顔をしかめて呟《つぶや》いた。クラスの風評を気にするような奴ではないので、本当はつき合い始めたばかりの彼女が見に来ることになっているのかもしれない。

見に来る彼女こそいないものの、レフトを守る僕も同じ気持ちだった。最後の試合でみっともないエラーは、できればしたくないのが人情だ。こんな時だけは、風の影響の少ない内野のポジションがうらやましかった。

ところが試合が始まってみると、強い風は僕らに一方的に味方した。長打を狙って振り回してくる相手チームの打球は、風に押し戻されてイージーフライになった。逆に、僕たちが打った平凡な内野フライが思わぬポテンヒットになったりする。軟投派のヨシカワの変化球は面白いように曲がり、しかもきわどいところにぴしぴし決まった。思いがけないのは風の影響ばかりではない。相手チームのライナー性の当たりはことごとく野手の正面に飛び、僕たちがバントで転がした球は白線上でぴたりと止まった。ツイている、としか言いようがない。長年野球をやっていると、こういうことに出くわすことがたまにある。おかげでコールドゲームも覚悟していた試合が一歩も引かない大熱戦になった。予想外の大健闘に応援席は盛り上がる。一番驚いているのは、試合をしている僕たち選手だった。

気がつくと、早くも七回が終わろうとしていた。スコアボードを見上げると、得点は二対一。なんと僕たちがリードしているではないか！　このまま勝てば大番狂わせだ。

「頑張れやー！　勝てるでー！」

そんな声が応援席からも聞こえ出す。こうなると急拵《きゅうごしら》えの応援団やチアガールまでが堂々と見えてくるから不思議なものだ。

七回裏、相手の攻撃はツーアウト、ランナーなし。相手チームの攻撃は残り二回。七アウト。想像できない数字ではない。

グランドに立っている僕たちでさえ、〝勝てる〟と思い始めていた。

一塁側の僕たちの応援席で騒ぎが起こったのはそんな時だった。ブラスバンドの演奏が途切れ、スタンドがざわめいた。グランドをいやな風が吹き抜けたような気がした。

レフトの守備についていた僕は、プレーの中断を確認してライトスタンドに目を凝らした。気がつくと、スタンドを見ているのは僕だけではなかった。グランドにいた選手や審判全員がスタンドを振り返っている。

それに気づいた時、僕たちのチームは全員、思わずよく晴れた夏空を振り仰いだ。

騒ぎの中心に、竜次の姿があった。

さっきまでは、球場内のどこにもいなかったはずだ。それは、部員全員が猜疑《さいぎ》の目で隈《くま》無《な》く探っていたので間違いない。ところが今や、竜次がスタンドの主役だった。

竜次は、三畳程もある大きな校旗を振り回しながらスタンドを駆け回っていた。応援団から無理やり奪い取ったに違いない。

大きなエンジ色の校旗が、走る竜次の背中でたなびく様は壮観だった。

うぉーぉーぉー……。

よく通る竜次の大声が球場に響きわたった。相手チームの応援団も度肝を抜かれたようすで、呆気に取られて眺めている。竜次は校旗を頭上に振りかざし、スタンド最上段からまっすぐに駆け下りて来た。

その瞬間、一陣の風がスタンドを激しく舞った。グランドにいた全員が、あっと息を呑んだ。女生徒の短いスカートがまくれ上がったせいばかりではない。風が、竜次の手から校旗を巻き上げたのだ。

風に漂う一枚の布と化した校旗は、いったん上空にふわりと舞い上がり、ゆっくりとグランドに落下した。

一瞬の沈黙の後、球場全体がどよめいた。相手応援席からヤジが飛ぶ。とんだ〝不祥事〟だ。こんなに風の強い日は、ポールについた三畳もの布きれを支えているだけでも大変なのだ。風に向かって駆け下りていけばどうなるか、容易に予想がつきそうなものだった。

もちろんゲームは中断となった。係員の手で校旗が回収される間、守備についている僕たちは呆然《ぼうぜん》と成り行きを見守っていた。スタンドに目をやると、どこに行ったのか竜次の姿はすでに見えなくなっていた。

中断は、時間にしてせいぜい十分程度だっただろう。気のきいた奴でも、ジュースを買ってくるくらいしか出来ない時間だ。真夏の試合でピッチャーの肩が冷えたとは思えない。とすれば、試合にはやはり〝流れ〟というものがあって、その時を境に変わったとしか言いようがなかった。

試合再開後、ヨシカワが投げた一球目のカーブは真ん中高めに入った。気がついた時にはもう、打球はセンターとライトの間を転々と転がっていた。鋭い金属音が聞こえたのは、その後のことだ。

それからは、手がつけられなかった。外野を守っている僕たちは忙しくて仕方がなかった。痛烈なゴロやライナー、それに頭上を越える打球が次々に飛んできた。こういうのを〝めった打ち〟というのだ。しかも僕を含め、見事なエラーの続出だった。一度などは、ショートとセンターとレフト（僕だ）が、一つのボールの行方を追って、てんでバラバラの方向に走り出したことさえあった。……しかもボールは全然別の場所にぽとりと落ちた。

いつまでも続くと思われた七回裏の攻撃がようやく終わった時、僕たちにはスコアボードを見る勇気はすでになかった。

一方、八回九回の僕たちの攻撃の所要時間は、いずれもあっけないほど短かった。三振にピッチャーゴロ、それから……。やめよう。並べるだけ無駄だ。早い話が連続三者凡退である。

結局、試合は九回裏を行うことなく終了した。終わってみれば九対二。

惨敗だった。

## 5

夕方、解散後いったん家に帰った僕は、思いついて河川敷へと足を向けた。河川敷には小学生の僕たちが野球をしていたグランドがある。今も変わらず使われているはずだった。

自転車で一気に土手を駆け上がると、広い河川敷が一時に目に飛び込んできた。強い西日を受けたグランドでは、今日も小学生たちが黄色い声を上げてボールを追っている。

ホームベースの背後、手作りの粗末なバックネットの裏に竜次の姿があった。

僕は自転車を降りて、グランドに向かって進んだ。僕の姿が見えていないはずはなかったが、竜次は振り返ろうともしなかった。僕は黙って竜次の隣に腰を下ろした。

目の前には、かつて僕たちがそこにいた場所で、やはり同じ様なことを繰り返している小学生たちの姿があった。少年たちのユニフォームには「ホワイト・ソックスズ」という縫い取りが見える。そう言えば、僕たちの「リトル・マリナーズ」が最近解散したという話を聞いた。なんでも、監督の奥さんが若いツバメを作って逃げたらしい。

「なあ、このチームの名前どう思う?」

ふいに、竜次が口を開いた。バックネットに尋ねたのでなければ、残る相手は僕しかいない。少し考えて答えた。

「そやな。メジャーリーグみたいで、ええんとちゃうか」

「メジャーリーグ？　お前は相変わらずアホやな。昔から全然変わってへんやんか」

僕は思わず苦笑した。意見自体は間違っていないかもしれない。が、少なくとも竜次にだけは言われたくない台詞だ。

「ここの監督、商売がクリーニング屋なんやて。それでチーム名がホワイト・ソックスズ」

竜次の言葉に、僕は思わず吹き出した。

「少年野球のチーム名は、そんなんばっかしか」

「ま、俺らのリトル・マリナーズには勝てへんけどな」

二人で声を合わせて軽く笑った。けれど、昔のように身をよじって笑ったりはしない。

「今日はサンキュウな」

僕はできるだけさりげなく切り出した。

「なにが？」

「応援に来てくれとったやろ」

「ラジオで聞いてたんやけど、つい、な」

竜次は照れた顔で呟いた。僕はちょっとためらったが、結局思い切って言うことにした。

「ほんでもまあ、野球部のみんなにはちょこっと謝っといた方がええで」

「謝る？　なんで？」

竜次はぽかんとした顔で僕を振り返った。ふり、ではないらしい。仕方なく、試合が終わった後の部員の様子を説明すると、竜次の顔にはたちまち皮肉の薄笑いが浮かんだ。

「何言うてんねん。負けたのは実力やないか」

僕は肩をすくめるしかなかった。竜次の言葉は、そのとおりではある。冷静に考えれば、一件の後、打たれ出したのは相手チームがヨシカワの球に目が慣れたせいだし、その打球を風を読み切れずにエラーしたのは僕たちの実力だ。あの後、僕たちの打線が完全に押さえ込まれたのも実力どおりだった。そんなことは野球部のみんなも分かっている。しかしそれでもなお、みんなは「あの中断がなければ」という仮定が振り切れないのだ。今、竜次が一言詫《わ》びなければ、敗戦の原因をずっと竜次のせいにする奴が出てきてしまいそうだった。例えば昨日、よく冷えた西瓜を持って陣中見舞いに来てくれた竜次の行為が、結果として、練習の邪魔をしに来たと記憶されてしまうように。

「ふん、そんな奴はほっといたらええ。わいの知ったことやない」

竜次の声が次第に大きくなる。

「大体《だいたい》、お前ら気合い入ってへんのじゃ。そのくせに……」

「ちょい待った」

僕は慌てて竜次を制した。

気がつくと、少年たちが練習を止めてじっとこっちを見ていた。

「なんや。どないしたんや？」

竜次が僕に聞いたが、僕に分かるわけがない。こっちが聞きたいくらいだ。

少年たちは何人かで集まってこそこそ話していたが、そのうち代表らしい一人がまっすぐにやってきた。そして僕たちに向かって、バックネット越しに声を掛けた。

「なあ、オッチャン。審判やってや。今から紅白戦すんねん」

僕たちは思わず顔を見合わせて苦笑した。それにしても、オッチャンとは……。

「審判？　監督さんがおるやろ？」

「今日、うちの監督、仕事忙しいて来はらへんねん」

「そうか。ほなしゃあないな」

躊躇《ちゆうちよ》している僕をしりめに、竜次はさっさと立ち上がった。竜次は少年たちに歓声をもって迎えられた。少年たちは、早速二組に分かれてグランドに散っていく。

「プレイボール！」

竜次の屈託のない大声がグランドにこだまする。久しぶりに見る竜次の生き生きとした姿だった。何だかんだ言っても、竜次は野球というこのゲームが好きで仕方がないのだ。

たどたどしく始まったゲームを目で追いながら、僕は妹の話を思い出した。

あの夜……つまり竜次が補導された夜、妹や何人かの友達も、竜次と一緒にゲームセンターにいたらしい。竜次は元々ゲームなんかに興味を示す方ではない。その日も自分ではやらずに、他人のするゲームをつまらなそうに眺めていたそうだ。ところが、みんなが帰る頃になって竜次がゲームを始めた。そして、そのゲーム機の前から一歩も動かなくなってしまったのだ。

竜次が始めたゲームは「すーぱー・すたじあむ」という名の野球ゲームだった。

十一時を過ぎると警察が見回りに来るのは事前に分かっていたことだ。ヨーコたちも、もちろん竜次を連れ出そうとした。しかし、竜次は頑としてゲーム機の前から動こうとはしなかった。出たばかりのバイト代を全部つぎ込んで、架空のその試合に何としても勝とうとしていたのだ……。

目の前で審判をしている竜次の背中が、ゲーム機の前から動こうとしない頑《かたく》なな背中に重なる。

結局、妹たちは竜次を残して先に退散した。そして、ゲームをやり続けた竜次だけが補導されたのだ。

「ほんま、竜ちゃん、いっぺんやりだしたら勝つまでは絶対やめへんのやから」

ヨーコは困惑したような、そのくせ満更《まんざら》でもないような顔でそう言った。妹からその話を聞いた時、僕は一瞬だけ呆れ、その後不覚にも胸がつまった。他の奴が聞いたら鼻で笑うかもしれない。しかし、僕にはどうしても竜次を笑うことができなかった。その夜の竜次には、そのゲームで勝つことがどうしても必要だったのだ。

「ストライック、バッターアウト。チェンジ！」

竜次は小気味のよいリズムでジャッジを続けている。

僕はふと目を凝らす。茜色《あかねいろ》に染まった空にシルエットで浮かぶ竜次の背中が、やけに大きく見える。一五八センチなんていう数字が嘘《うそ》のようだ。竜次が突き上げる拳に、少年たちがきびきびと反応している……。

いい、いいや、なんだ、そうなのか。

突然、僕は理解する。

竜次にとっての勝負はまだ終わっていないのだ。勝つまではやめない、それが竜次なのだ。僕たちは甲子園を目指した試合の一つに負けた。もう次はない。しかも、竜次はその試合に参加すらできなかった。それも間違いのない事実だ。しかし竜次にとって、そんなことは大したことではなかったのではないか？

竜次の勝負はまだ終わってはいない……。

「わいの勝負に負けはないんや！」

その言葉どおり、竜次はいつか休部届けを破り捨て、マウンドに復帰するに違いない。

そして向かい来る強打者を、ばったばったとなぎ倒していくのだ。

暮れなずむ夏の夕景のただ中で、僕にはそう思われてならないのだった。

# マニアの受難

山本 幸久

山本 幸久
やまもと・ゆきひさ

1966年東京都八王子市生まれ。中央大学卒業。2003年『笑う招き猫』で、小説すばる新人賞を受賞し作家デビュー。著書に、『はなうた日和』『美晴さんランナウェイ』『凸凹デイズ』『ある日、アヒルバス』『床屋さんへちょっと』『愛は苦手』『寿フォーエバー』『GO!GO! アリゲーターズ』などがある。

昭和がおわりかかっていた。信輔《しんすけ》は二十二歳で、大学四年生だった。

「ごめんなさいね。あなたとはもう話をしたくない、つまりはその、あなたと別れたいそうなんです。あたくしはね、自分の口からはっきり言ったほうがいいと申しましたのよ。だけど、あなたの声を聞くのも嫌、虫酸が走って我慢できないって。こまった娘でしょう？」

「は、はあ」

「だったらどうして三ヶ月もつきあったんだっていう話になりますわよねぇ。あたくしも言ってやりましたよ。そんな三流大学の、車どころか免許も持っていないような男なんかに引っかかるあなたがいけないんだって」

信輔は受話器を片手に口を閉ざす。いっそのこと切ればいいのだが、それもできない。電話のコードを伸ばすだけ伸ばし、階段の三段目で、からだを小さく丸めるだけだった。

家の中は階段の灯《あか》りしか点《つ》いていない。どの部屋も真っ暗で、静まり返っている。両親はいつもどおり十時には就寝だ。いまはじきに明日になろうという時刻である。

「うちの娘はひとを見る目がないんです。男運がないっていうのかしらね。あなたの前につきあっていた男なんて役者だったのよ。舞台専門で芝居が荒れるからテレビや映画の仕事はお断りしているんですだなんて要するに売れてないってことよねぇ。しかも自称二十五歳がなんと三十八歳だったの。一回り以上、サバ読んでたわけ。気づかない娘もどうかしてるわよねぇ」

「ママッ」

未玖子《みくこ》だ。三ヶ月つきあっていた女の子である。彼女とふたりで過ごしたときのことが湧《わ》きでるように胸に甦《よみがえ》る。

「やだ、未玖子。あなた、いつからそこにいたの?」

「いつからだっていいじゃないの。それよりいい加減にしてちょうだいよ。彼にはあたしが別れたいってこと、言ったんでしょ。さっさと電話切ったらどう?」

えらい剣幕だ。こんな彼女を信輔は知らない。

「はいはい、わかりました」娘にむかって諭すように言ってから、「ではそういうことで。二度と電話をしない。他のいかなる手段でも娘と連絡をとろうとしない。手紙やファクシミリはもちろんのこと、家や学校の前で待ち伏せなんて、もってのほかよ。もしそんなことをしようものなら、警察に通報しますからね。よろしくて？」

「わかりました」

「ありがとう。助かるわ。いえね、前の前の恋人っていうのがこれまたひどくて大変だったの。なにしろ」

「ママったら」

そこで電話が切れた。たぶん未玖子がフックを押したにちがいない。

ツゥウゥッ。ツゥウゥッ。ツゥウゥッ。

受話器から聞こえてくるその音を聞きながら、信輔はしばらくその場でぼんやりしていた。はじめてできた彼女にフられた事実を、いまいち受け入れることができなかったのである。いつかこうなるだろうと恐れはあった。それが予想以上に早くきたことに呆《ぼう》然《ぜん》としながら、そのくせ心のどこかでホッともしていた。

やがて信輔はゆっくり立ち上がり、階段脇《わき》にある電話に受話器を置いた。

高校が男子校だったせいで、女の子と出逢《であ》う機会はなかった。少しはあったのかもしれない。彼女がいるクラスメイトもいたからだ。しかし信輔にはついぞその機会が巡ってはこなかった。

付属校だったおかげで受験をせずに大学へすんなり進んだ。すぐにでも彼女をつくり、キャンパスライフをエンジョイしたかった。しかし丸三年、男だけの世界に閉じこもっていたおかげで、女の子と満足に会話もできなかった。つきあうとかつきあわないとか以前の問題だ。

一般教養の授業で、いっしょになった語学クラスの女子に、「先週休んじゃったから、ノートをコピーさせてくれない？」などと言われた日には大変だった。ノートのコピーなど口実に過ぎず、彼女は自分に一目惚《ひとめぼ》れし、つきあいたいと思っているのではないか、と妄想を膨らませてしまう。だが実際は、コピーが済めばさっさと去られ、つぎに語学の授業で会っても、会釈すらしない。照れているのではなく、無視しているのだというくらいは、女の子に免疫のない信輔でもわかった。

「大学生カップルの六十五パーセントはサークル内恋愛！」と立ち読みした『ホットドッグプレス』に書いてあったので、サークルに入ることにした。だがスポーツは大の苦手なので、流行《はや》りのテニスやスキーは無理だった。ここはひとつ、自分の唯一の得意ジャンルでと思い、映画研究会に入った。その夜に先輩数人と呑《の》みにいき、好きな映画監督を訊《き》かれ、ジョン・ランディスやテリー・ギリアム、それに岡本喜八《おかもときはち》や鈴木清順《すずきせいじゅん》を挙げたところ、反応がよかったのでつい調子に乗り、フランソワ・トリュフォーやエリック・ロメール、そしてしまいには「ジャン・リュック・ゴダールも新作は必ず劇場で見るんですよ」と口を滑らせたところ、「おまえ、ほんとにわかって見てるの？」と先輩のひとりにからかい気味に言われてカッとなり、「あんたこそなにがわかるんだ」と言い争いの末、殴り合いの喧嘩《けんか》にまで発展した。

じつはそのときはじめて酒を呑んだ。ビールも日本酒もおいしいとは思わなかったが、その場の雰囲気でガブガブ呑んだのがいけなかった。といって翌日に謝罪へいくこともなく、そのまま映画研究会とはオサラバした。呑みの席で女性部員が二、三名しかいないことを知ったからというのもあった。

それから半月ほどのちのことだ。

「シンスケッ」大学へいこうと最寄り駅にむかう道すがら、突然ひとに呼ばれた。「こっちだ、こっち」

赤信号で停《と》まっていた車から、顔をだしているひとがいた。真鍋《まなべ》だった。幼稚園からはじまり、小中高、そして大学までいっしょになった地元の知り合いである。十五年以上の顔見知りだが、仲はよくもなければ悪くもなかった。スポーツ万能で人当たりもよく、どこにいても中心的存在になれる彼に、憧《あこが》れはしないものの羨《うらや》ましいという気持ちはあった。真鍋も映画が好きで、小学校から中学にかけて、地元の劇場でかかった『Mr．BOO！』シリーズや『悪魔が来りて笛を吹く』、『ルパン三世　ルパンVS複製人間』、『うる星やつら2　ビューティフル・ドリーマー』と『すかんぴんウォーク』の二本立てなどを見にいった。信輔はこういうの好きだろ、と誘うのはいつも彼のほうだった。

高校になってからも一度だけ、ふたりで土曜の帰りに新宿にむかい、『狼男アメリカン』を見た。それを最後に真鍋とは映画どころか、つるんで遊ぶこともなかった。大学に入ってからは別の学部ということもあり、構内ですれちがいもしなかった。

「大学いくんだったら乗せてってやるよ」

信号はすでに青になりかけている。断る理由もないので、ガードレールを跨《また》いで真鍋の車に近づき、後部座席に乗り込んだ。

「シンスケ、車は？」

DCブランドで身を固め、ハンドルを握る彼は、なかなか様になっていた。早生まれの彼は信輔よりも八ヶ月年下だがずっとおとなに見える。それは昔からだった。

「免許も取ってない」

「シンスケって五月生まれだったろ。高三の夏休みで取っちゃえばよかったのに」

「真鍋はいつの間に取ったの？」

「誕生日迎えてすぐだよ」

「車はだれの？」

「おれの。ジーサンが入学祝いに買ってくれたんだ」

真鍋は市内でも有名な織物会社の息子である。小学生の頃、彼の家というよりも屋敷へ何度か遊びにいったことがある。そこには家政婦や使用人がおり、彼のことを坊ちゃんと呼んでいた。

車は市街を抜け、ラブホテルの看板ばかりが目立つ公道を走っていく。

「あっ。あれ」と真鍋は派手な建物を指差した。「パチンコ屋なんだよ。来週の天皇誕生日に開店するんだ」

信輔はパチンコどころか賭《か》け事《ごと》全般に興味がない。

「おれ、大学でプロデュース研究会に入ったんだけど、あそこのオープニングセレモニーをうちのサークルの仕切りでやるんだぜ」

アイドルやプロレスラーを呼ぶのだと真鍋は少し自慢げだった。信輔にすればまったく興味のない話だが、「それはすごいね」とうなずいた。

「おれなんかまだ一年で入りたてのぺーぺーだから、とくになにするってわけでもないんだけどね。シンスケはなんかサークル、入ったか？　やっぱり映画研究会か」

「いや」ほんとの話をする気にはならなかった。「どこにも入ってない」

「だったら、ウチ、入らないか。いま話したパチンコ屋のイベント、人手足らなくてこまってんの。とりあえずそれ、手伝いにきてくれね？　そのあと打ち上げもあるから、それに参加してもいいし」

「天皇誕生日に？」

「うん、そう。なんか予定、入ってる？」

「とくには」高田馬場にあるACTミニ・シアターで、ルイス・ブニュエルの映画を見にいくつもりでいた。

「ウチのサークル、女の子のほうが多くてさ。男手が必要なんだ。頼むよ」

「わかった」ブニュエルはまたの機会にすればいい。「いくよ」

そしてゴールデンウィークの初日、信輔はパンダの着ぐるみの中にいた。その格好で客が連れてきた子供相手にゲーム大会をした。途中で交代するからと、真鍋ではない、プロデュース研究会のひとに言われたが、結局、朝十時から夕方五時までパンダだった。しまいにはゲストに呼ばれていたプロレスラーにコブラツイストまで食らった。手加減はしていたようだが、それでも一瞬、気が遠くなりかけた。

打ち上げは居酒屋の座敷を貸し切り、三十人以上も参加する大宴会で、半分以上が女の子だった。信輔はその場でプロデュース研究会に入部することにした。だがイイなと思う女の子はすでに彼氏がいたり、先輩に持っていかれたりした。信輔が進級して先輩になっても、後輩の女の子とつきあえはしなかった。しかし『ホットドッグプレス』の記事に偽りはない。プロ研はカップルで溢《あふ》れていたのだ。

天涯孤独。孤立無援。孤軍奮闘。

毎年クリスマスシーズンともなれば、自分は彼女ができないまま、人生を送らねばならないかと思ったくらいだった。

　三年生もおわりの頃、信輔に救いの手を差し伸べてくれたのは、プロデュース研究会の後輩で、おなじ地元の女の子だった。学区はとなりだが、家はそう離れていなかった。森高千里《もりたかちさと》に似ていなくもない、プロデュース研究会ではかわいい部類である。

　成人式に出席した彼女は、ひさしぶりに会った中学の同窓生から、だれかイイひとがいれば、紹介してくれないかと頼まれてきたという。

「彼女、女子校から女子大いって、全然、男性と出逢う機会がないんですって。それにね、彼女も映画好きで、シンスケ先輩にぴったりだと思うんですよ。どうです？　お会いになりますか」

「あ、う、うん」

　千里似の後輩に顔をのぞきこまれ、信輔はたじろいだ。彼女は真鍋の恋人だ。真鍋には一、二年のときにつきあっていた同輩の子がいたが、三年になって、いともたやすく乗り換えた。前の恋人はいまもプロ研に在籍しており、よその大学のレスリング部の彼氏がいる。ところが真鍋はその前の彼女に時々ちょっかいをだしては、千里似の後輩と揉《も》めている。しかも前の恋人はそう悪い気もしていないらしい。安っぽいトレンディドラマのような出来事が、自分のごく身近で起きているのが、信輔には信じがたかった。

「先輩の写真、夏合宿とかのを彼女に見せてあるんですよ。そしたらけっこう気に入ってくれてて。先輩のこと、だれに似てるって言ってたっけかな。あたしも見た映画なんだよな。えっと、そうだ、『家族ゲーム』の」

「松田優作？」

「ちがいますよ。やだ、シンスケ先輩、自分が松田優作に似てるって思ってるんですか。いくらなんでも自分のこと、買い被《かぶ》りすぎですって」

「ち、ちがうよ」

千里似は笑いながら信輔の肩を叩《たた》いた。彼女はごくたやすく、ひとに触れてくる。酒が入ればなおさらだ。昔の自分だったら、勘違いしているところだと信輔は思う。

「松田優作が家庭教師で、その生徒がいるでしょ」

「ノートに夕暮れ夕暮れ夕暮れって、書く子だな」

「そうでしたっけ。あたし、あの映画って、最後にマヨネーズが飛んでるとこしかおぼえてないんですよね。ともかくその生徒の子に似てるって言ってました」

あまり褒《ほ》められている気がしなかった。でもまあいい。気に入ってもらっているのはたしかなようだ。

「彼女の写真、持ってきてるんですけど、ご覧になります？　それとも会う日までのお楽しみにしますか？」

できれば見たかった。しかし信輔は堪《こら》えた。

三日後、地元の居酒屋で紹介された。それが未玖子だった。容姿はまずまずだった。悪くない。千里似の後輩には少し劣る。でも及第点だ。

未玖子はほんとに映画が好きだった。たいがい女友達とだが、ひとりでいくこともあるという。彼女がいちばん最近に見た映画は『大災難P．T．A．』だった。

「なにそれ？　どんな映画なの？」

千里似の後輩はきょとんとするばかりだ。信輔は知っていた。それどころか見にもいっている。

「スティーブ・マーティンとジョン・キャンディのだよね」とすかさず言った。スティーブ・マーティンは信輔が好きなコメディアンだった。ただし彼の主演作はほとんど日本で公開されていなかった。テレビの小さな画面ではなく、スクリーンではじめて見たのは『リトル・ショップ・オブ・ホラーズ』の歯医者役だった。

「そうです、そうです。うれしい。あたし以外にあの映画を見てるひとがいるなんて、信じられない」

未玖子はうれしそうに笑った。信輔にはその笑顔が輝いて見えた。

「じつは監督がジョン・ヒューズだったから見にいったんです。青春ものじゃないから、どうかと思ったけど、すっごくおもしろかった」

「ジョン・ヒューズだとなにが好き?」

「やっぱり『すてきな片想い』かな」

信輔は『フェリスはある朝突然に』だった。じつはモリー・リングウォルドがあまり好きではないのだ。しかしここは話をあわせておこうと「ぼくもだ」とうなずいた。そして未玖子は訊《たず》ねてもないのに、いちばん好きな映画は『ブルース・ブラザース』なんです、と言った。

「だったら『大逆転』は見た?」

「見ました」

つづけて信輔は『狼男アメリカン』や『眠れぬ夜のために』など、ジョン・ランディスの監督作品を並べあげようとしたが、未玖子は「あたし、エディ・マーフィ、好きなんです」と言った。

千里似の後輩は姿を消していた。いついなくなったかわからない。それだけ未玖子と映画の話で盛り上がったのだ。最初の居酒屋から三軒ハシゴした。

『リトル・ショップ・オブ・ホラーズ』のスティーブ・マーティンの歯医者を真似《まね》て見せたところ、「そっくりぃ」と未玖子に大受けだった。そこで信輔は調子に乗って、グルーチョ・マルクスの歩き方や、『博士の異常な愛情』でピーター・セラーズの演じるドクター・ストレンジラブが、「総統、歩けます!」と叫び、車椅子から立ち上がるところや、『空飛ぶモンティ・パイソン』で、ジョン・クリーズがやっていたバカ歩きや、『あきれたあきれた大作戦』で雨のごとき銃撃の中、ピーター・フォークの命令通り、ジグザグに走るアラン・アーキンなどをやってみせた。だれに見せるつもりもなく、自室でひとりでやって、ひとりでおもしろがっていた物真似を、未玖子は「よくわからないけどおもしろい」とよろこんでくれた。

映画が好きでよかった。信輔は本気でそう思った。そしてデートの約束をした。もちろん映画を見にいくのだ。

「なんの映画がいい？」

「信輔さん、選んでくださいよ」

「ぼくが？　でもぼくが選ぶと、マニアックというかそんなにメジャーじゃないのになるけど」

「いいですよ。ただしホラーはやめてくださいね。あたし、怖いの苦手だから」

信輔が選んだのは『赤ちゃん泥棒』だった。二日後にふたりで新宿まで見にいくことにした。

京王八王子駅の改札口で待ち合わせたのだが、信輔は約束の十五分も前に着いてしまった。時間を潰《つぶ》そうと駅前の本屋に入ると、そこに未玖子がいた。

「約束の時間よりも二十分も早く着いちゃったの」

そう言い訳をする未玖子を、信輔は一段と好きになっていた。

あれから三ヶ月しか経ってないのにな。

信輔は自室に戻っていた。布団を敷かず畳に寝転ぶ。女にフられたことは、たしかに辛《つら》い。それも人生ではじめてつきあった彼女である。だが涙が溢れでてきたりはしなかった。胸が引き裂かれそうなんてこともない。ただため息ばかりを漏らしていた。

それにしたって三流大学はひどい。未玖子の通う女子大だってたいしたことない。ウチの大学が三流なら四流だ。だからこそもっといい大学の男とつきあえというのか。車は持ってるほうが珍しい。プロデュース研究会だって、真鍋の他は二、三人しかいない。免許がないのは、取りにいく時間もお金もないからだけだ。

緑色のカラーボックスに目をむけた。『季刊リュミエール』が並んだ真ん中の棚に時計が置いてある。母方の祖父からもらった大学の入学祝いだ。真鍋の車とはだいぶちがうが仕方がない。十二時四十九分。「49」のプレートがパタンとめくれ、「50」になった。一時間近く、横たわってしまっている。

信輔は置きっ放しにしてあった『宝箱』に手を伸ばす。いわゆるサブカル雑誌で、『シティロード』とこの雑誌を毎月購読している。いま引き寄せて開いたのは、二ヶ月前のものだ。

めくっていくと、自然と辿《たど》り着くページがあった。そこには「編集者若干名募集」の記事が載っていた。

「●応募要項　三十歳以下であれば性別は問いません。高校生不可。大学生は応相談。我こそはと思う方は履歴書および『最近見た映画』の批評（千二百〜千六百字以内）をご郵送ください」

二ヶ月前にこの記事を見た信輔は、すぐさま『赤ちゃん泥棒』の批評を書いた。レポート用紙に殴り書き、四百字詰め原稿用紙に清書すると、十枚にもなった。大幅に削って半分にしたものの、それ以上は短くならず、そのまだすことにした。タイトルはちょっと気取って『夢からの追撃者』とした。結局、書き上がるまで一週間を要した。映画についてメモらしきものを書いてはきたが、文章にしたのはこれがはじめてだった。

履歴書はバイトをするたびに書いていたが、志望動機でつまずいた。考えた末、中学時代から『宝箱』を毎月購読していることと、どの連載が好きか、いつの号の特集がおもしろかったかを書いた。来春卒業予定の四年生で、残りの単位はゼミのみ（ほんとは五十単位も残っていた）、授業は週に一度しかなく（じつは四日）、採用になった際には翌日からでも働きますとも明記しておいた。なんやかんやでこれにも三日を費やした。

併せて十日かけてできた応募書類を送って、ひと月半だ。応募の締め切りは一ヶ月前、そろそろなにかしら連絡があってもおかしくないはずである。

明日にでも電話して聞いてみようかな。でもそれでむこうに悪印象を与えたら元も子もない。ここはひとつ、じっと待つほかないのか。

はじめて書いた映画批評はコピーして手元にある。未玖子には読ませていない。それどころか『宝箱』に履歴書などを送った話もせずにいた。もし話して、結果、受かればいい。しかし落ちたときは、どうしていいかわからなかったからだ。

おっと、いけない。信輔はむくりと起き上がった。借りてきたビデオ、見なきゃ。

通学に利用しているリュックサックの中から、レンタルビデオ店の袋を引っ張りだし、階段を降りていく。自室にテレビはない。ビデオは居間で見るほかないのだ。

明後日、木曜の五限に映画論がある。一年のときに取っていたのだが、映画研究会の先輩達もいたために、はじめの一度しか出席できなかった。二年三年では必修科目とぶつかってしまい、四年になって取れた。単位を山ほど残しているうえに一般教養の授業を受ける意味はないのだが、それでも映画論だけはサボらないよう努めた。

授業内容は毎回、一本の映画について、講師が滔々《とうとう》と語る。教室は大学でもとりわけ大きな場所だったが、出席をとらないので、六回目になる先週はガラガラだった。信輔は先頭の席につき、講師の話をノートにメモった。

映画論は最後にいつも次週にとりあげる映画を見るよう、宿題をだす。公開している映画とは限らない。どちらかといえば名画座にかかっているもののほうが多く、講師からは「劇場で見るように」と釘《くぎ》を刺された。

次回はロマン・ポランスキー監督の『チャイナタウン』だ。主演はジャック・ニコルソン、ヒロイン役にフェイ・ダナウェイ、そして映画監督のジョン・ヒューストンが重要な役どころで登場している。日曜まで五反田の名画座で上映していたのだが、見にいく機会を失い、ビデオを借りてこざるを得なかった。

先週の土曜、電話で『チャイナタウン』を見にいこうと誘い、未玖子も了解していた。日曜の十一時に京王八王子駅で待ち合わせをして電車に乗り込むと、彼女は突然、新宿で降りようよと言いだした。山手線に乗り換えねばならないので当然だと思ったが、そうではなく、歌舞伎町で映画を見ようというのだ。

「あたし、ほかに見たい映画があるの」『となりのトトロ』と『火垂《ほた》るの墓』の二本立てだった。「シンスケくん、宮崎駿《みやざきはやお》、好きでしょう?」

好きか嫌いかと言われれば好きである。『ルパン三世　カリオストロの城』はルパンだからではなく、宮崎駿だから見にいった。『風の谷のナウシカ』も『天空の城ラピュタ』も劇場に足を運んでいる。『風の谷のナウシカ』の原作漫画は完結していないが、でている四巻まで買い揃《か そろ》えてあり、未玖子に貸したこともある。感想を求めたところ、「漫画だとなんだかわかりづらくて、一巻の途中でやめちゃった」と言われ、信輔はがっかりした。

『となりのトトロ』も見にいく気ではいた。先に挙げた宮崎作品はすべて初日かその翌日には劇場に駆けつけている。しかし今回は二の足を踏んでいた。まずだれもかれもが宮崎駿がイイと言いだしたのが気に入らない。それに作品がヒットしており、封切り一ヶ月後のいまでも休日は混んでいるという噂《うわさ》を聞き、余計、足が遠のいた。

「また今度にしようよ」

「今日がいい」未玖子はいつになく、かたくなだった。

「でも『チャイナタウン』は今週の金曜までだし」

「それってビデオでてるんでしょ？　だったらビデオを借りて見れば済むわ」

「ビデオで見るのと、映画館で見るのはちがう」

「いっしょよ。それに名画座のはブチブチ切れちゃってたり、色あせてたりするじゃない？　ビデオならそんなことないわ。何遍だって繰り返し見られるし。とにかくあたしはもう、古い映画はコリゴリなの。トトロじゃなければ、あたし、府中で降りて引き返す」

脅しではない。未玖子は本気のようだった。

鼻に大きな絆創膏《ばんそうこう》をしているジャック・ニコルソンが脳裏に浮かぶ。ただし和田誠《わだまこと》のイラストだ。信輔は『チャイナタウン』を見たことがない。それでも主人公である探偵役のジャック・ニコルソンが、チンピラらしき男にナイフで鼻を切られてしまうのを知っていた。そのチンピラらしき男を、この映画の監督、ロマン・ポランスキーが演じていることまでもだ。

「わかった。今日は宮崎駿にしよう」


十四インチの画面に映しだされたジャック・ニコルソンは若く、いまの彼より顔がひとまわり小さく思えた。とくに好きではない役者だが、高校の頃から彼の出演する作品はほとんど公開と同時に見ている。四年生になってからも二本出演していたが、どちらも彼が目当てに見にいったわけではなかった。吉祥寺にある映画館のオールナイトで『シャイニング』を見たのも、キューブリック特集の一本だったからだ。

古い映画はコリゴリか。キビキビと動くジャック・ニコルソンを見ながら、信輔は未玖子に言われたことを思いだす。『チャイナタウン』の前の前の映画論の課題は『わが谷は緑なりき』だった。それも未玖子と目黒シネマまで見にでかけている。途中、彼女はすうすうと寝息を立てていた。他にも古い映画は何本か見ている。つきあいだして三ヶ月弱、銀座並木座で成瀬巳喜男《なるせみきお》の『浮雲』と『山の音』を、大井武蔵野館で『進め！

ジャガーズ敵前上陸』と『東京の暴れん坊』を（もう一本『夕陽に赤い俺の顔』を上映したが、未玖子に帰ろうと言われた）、荻窪オデヲン座で『天国の門』を、三鷹オスカーで『モンティ・パイソン・アンド・ホーリー・グレイル』と『ライフ・オブ・ブライアン』をいっしょに見ている。

コリゴリするほどの数でもないだろうが。はじめて会ったとき、あたしも映画好きなんですって言ってたじゃないか。なんだよ、まったく。

『となりのトトロ』と『火垂るの墓』の二本立ては案の定、長蛇の列だった。そこに並んでチケットを購入したはいいが四時過ぎの回だった。まだ三時間以上ある。ロッテリアで昼食を食べ、ふたたび引き返し、今度は劇場の中で並んで待たねばならなかった。ふたりはだんだんと口数が減っていった。

「疲れちゃった、あたし」

おまえのせいだろ、とはさすがに言えない。

「しようがないじゃん」

思った以上に強い口調で言ってしまう。彼女とのあいだにピキッと亀裂が入ったのを信輔は感じた。それまでもないことではなかったが、たいがい信輔のほうから下手にでて、ふたりの中を修復するようつとめた。だがこのときは信輔も少し意地になった。

『チャイナタウン』を見にいけなかったことよりも、映画はビデオで見れば済むと決めつけられたことに腹を立てていた。持参していた『宝箱』に目を落としたまま、口をつぐんだ。

映画を見おわったあと、ふたりで帰路についたものの、電車の中でもお互い黙り込んでいた。京王八王子駅で別れるとき、信輔は「じゃあな」と言いはしたが、未玖子は応えず走り去った。

気づいたらジャック・ニコルソンの鼻に大きな絆創膏が貼《は》ってあった。いつの間にか眠っていたらしい。二時半を過ぎている。映画はすでに終盤だ。大柄な老人が叫んでいた。信輔はリモコンを手にとったが、瞼《まぶた》が重くてたまらなかった。たとえ巻き戻して、はじめから見たとしても、途中でまた眠ってしまいかねない。

仕方ない。今日はやめておこう。

「よぉ」京王線の特急で新宿へむかっている最中だった。高幡不動《たかはたふどう》駅を過ぎたところで、右脚の膝下《ひざした》を軽く蹴飛《けと》ばされた。読んでいた『宝箱』から視線をあげると、そこに真鍋がいた。いつものＤＣブランドではない。ひどく安っぽい紺色のスーツを着ていた。

「痛いよ」

「なにしてんの、おまえ」彼は信輔の右隣に座った。「新宿にでも映画、見にいくのか」

そのとおりだ。新宿で『潮風のいたずら』を見るつもりだった。ゴールディ・ホーンとカート・ラッセル夫妻の共演作だ。どちらも好きなスターで、どちらの出演作も劇場やビデオで見ている。ゴールディ・ホーンでいちばん好きなのは『続・激突！ カージャック』（ビデオで見て泣いた）、カート・ラッセルでいちばんは、なんと言っても『ニューヨーク1997』だ。しかし去年、劇場公開されたおなじジョン・カーペンター監督の『ゴーストハンターズ』も捨てがたい。

「よくわかったね」

「そりゃわかるって。おまえから映画取ったら、なんにも残らないじゃん」真鍋は苦笑いだ。どんな顔をしても清々《すがすが》しく様になる男である。「でもそんなにたくさん映画見てどうするつもり？　映画監督にでもなるの？　じつは密かに映画、撮ってたりとか、脚本を書いてたりとかするわけ？」

「し、してないよ。た、ただ映画が好きなだけで」

「それってただの中毒なだけじゃない？」

余計なお世話である。ほっといてくれと言ってやりたい。

「どっか会社訪問？」

「そうだ、シンスケ。いつも持ち歩いているアレ、見せてくんないかな」

　アレとは東京二十三区の地図帳だ。文庫よりも小さなサイズで使い勝手がいい。いつも持ち歩いているのは映画館の場所をたしかめるためだ。情報誌の地図は簡略化しすぎてわからないことが多かったので、高校のときに購入したのだ。東京の名画座はほとんど制覇してはいるものの、もとより方向音痴の気がある信輔はふだんから持ち歩くようにしていた。道に迷って上映時間に間に合わないくらい、情けないことはない。

「これって地下鉄の路線図は？」

「はじめのほうに載ってる」

「あった、あった」真鍋はテレビ局の名前を挙げた。「最寄り駅の名前はおぼえてたんだけど、何線だったかがはっきりしなくってね。まあ、新宿着けばなんとかなるとは思ってたんだ」

「説明会かなんか？」

「ちがうちがう」と言ってからサンキュと地図帳を信輔に返した。「申し込みの書類をもらいにいくだけ」

「だったらなにもスーツでなくてもいいんじゃ」

「見てるひとは見てるものだよ。常日頃からキチンとしておかなくちゃね」

　私生活のほうもキチンとしたらどうだ。そう思ったものの、口にはしなかった。羨んでいると思われるのが癪《しゃく》だったからだ。

先月のことだ。真鍋は入部したての子に手をだした。当然、千里似の後輩とは別れる別れないで揉めに揉めた。そこにどういうつもりか、前の恋人が仲介役として入り、話は余計ややこしくなっているらしいと未玖子経由で信輔は知った。しかも真鍋ときたら、その三人のところをグルグルまわり、結果、三股をかけているというのだから恐れ入る。

「父親の会社は継がなくていいの？」

「継ぐよぉ。でもその前に世間ってものを勉強しておいたほうがいいじゃん。第一希望は銀行」

「どうしてテレビ局の申し込みの書類なんか」

「記念受験。万が一、入社できたらそんときはそんときで考える」

銀行員よりもテレビ局でプロデューサーでもしていたほうが、真鍋にはずっと似合っているように思えた。

「シンスケ、スーツは？」

「買った」先月、親から金をもらい、いちばん安いのを選んだ。余った金で床屋へいくつもりだったが、新宿の紀伊国屋《きのくにや》書店の裏手にある小さな映画館で『おかしなおかしな成金大作戦』をひとりで見て、その翌日に未玖子と、おなじ新宿でも歌舞伎町で『ブロードキャスト・ニュース』（ジャック・ニコルソンがでてきた一本だ）を見て、使い果たした。おかげで髪は伸び放題だ。未玖子と知り合ってから別れるまで、一度も髪を切ることがなかったな、とぼんやり思う。

「履歴書とか送ってる？」

「うん、まあ。ボチボチ」『宝箱』への一通だけだ。

「そんな長い髪の写真、送っちゃいないよねぇ？」

「そ、そうだけど」

「七三じゃないにせよもっと短くしなきゃあマズいって。撮るとき、写真屋に言われなかった？」

「三分間写真だったから」

「履歴書貼るのに三分間写真って。しっかりしなよ、シンスケ。来年は社会人なんだからさぁ」

はたしてどうか。難しいように思う。三股をかけてはいても真鍋のほうが、ずっと社会性に長《た》けている。

「そういえば未玖子ちゃんとは最近どう？」

いきなり言われ、信輔はどきりとした。

「映画ばかりじゃなくて、たまにはどっかべつの場所に連れてってやれよ」

ひどく批判めいた口ぶりである。叱《しか》られている気分になり、信輔は居心地が悪くなった。だが逃げようがない。電車は調布駅をでたばかりで、新宿までまだ少しかかる。

「どっかべつの場所って？」

未玖子とデートすることなんかもうないというのに、どうしてぼくは聞き返しているんだ？

真鍋に昨夜の話をする気はおこらなかった。そのうち千里似の後輩から耳にすることだろう。

「女の子がよろこびそうなところに決まってるだろ。やっぱりいまはディズニーランドかな。おれもはじめはどうかと思ったが、いったらいったでおもしろかったよ。意外とお薦めなのは浅草の花やしきね。半日もあれば乗り物がぜんぶ制覇できるから、浅草寺《せんそうじ》でお参りして、今半ですき焼きでも食えばいい。横浜もよかったなぁ。港の見える丘公園歩いて、外国人墓地いって中華街でメシってコースはありきたりだけど、海を眺めているだけでもムード抜群だもんねぇ。いっそ江ノ島まで足を延ばすっていうのもありかぁ。海沿いをドライブしたらそりゃもう」真鍋はそこで言葉を切った。「おまえ、免許なかったんだっけ？」

「あ、うん」

「取るんだったら学生のうちだよ」

「そんな金ない」

「免許取る金ぐらい親にだしてもらいなって。車だって中古なら三十万もだせば、そこそこの買えるし。車さえあれば行動範囲も広がるし、なによりふたりだけの空間と時間を持つことができるじゃん」

真鍋はにやつきながら言う。助手席に乗せた女たちのことを思いだしているにちがいない。

それから真鍋は新宿までしゃべり通しだった。話はデート指南から、就職活動のことへ戻り、さらには自らの将来設計についても語りだした。三十手前で会社を継ぎ、その暁にはどういう経営方針でいくかまで、彼は考えていた。

「ウチの会社って結局は下請けどまりなんだよ。いつも取引先の顔色窺《うかが》いながらつくってるだけさ。親父《おやじ》の方針だからしようがないけどね。いまみたいに好景気のうちはいい。だがこれだっていつまで持つか怪しいものだ。取引先が潰れたら共倒れさ。五年後、十年後には自社の製品をつくり独自のルートで販売していく手を考えておかないとまずいとおれは考えてるんだよね」

信輔にすれば興味のない話だし他人事だ。それでも聞いているうちにすっかり感心してしまった。十年先、自分がなにをしているかなんて考えたこともない。せいぜい一九九九年七月に、世界が滅びないよう願うくらいだった。

電車を降りてから、真鍋とは京王線の改札口前で別れることになった。彼は丸ノ内線に乗り換えだった。信輔は東口へむかう。映画館にいくのは、そこがいちばん都合いい。

「そうだ」真鍋はパチンと指を鳴らした。「未玖子ちゃんと箱根、いったらどう？　ここからならロマンスカーで一本だし」

小田急線に気づき、そこから思いついたのだろう。

「ふたりで旅行にいったことは？」

「な、ないよ」

「なら箱根。いいと思うよ。おれはいったことないけどね。はは」

三十分後、信輔はなじみのない町をさまよっていた。

おっかしいなぁ。どこにあるんだろ。

道の端に寄って、電柱に近づき、町名と地番が表示されたプレートをたしかめる。そして手元に開いてある『宝箱』に目を落とす。つい先だって履歴書と映画評を送ったところだ。

真鍋と別れてすぐ、ふと思い立ったことがあった。いつまでも電話を待っていてもしかたがない。『宝箱』の編集部へ直接、結果を聞きにいこう。途端にいてもたってもいられず、駅の構内で『宝箱』の住所をたしかめ、地図帳で探し当てた。飯田橋駅が最寄り駅だった。名画座のギンレイホールにほど近い。思い立ったら吉日とばかりに、総武《そうぶ》線《せん》の上りホームへむかい、発車しかけていた黄色い電車へ飛び乗った。

むこうの角からここまでのあいだのはずなんだが。

きゅうと腹が鳴る。けっこうイイ音だった。十一時をまわったところだが、目の前のトンカツ屋からいい香りが漂ってくるおかげで、胃が刺激されたのだ。暖簾《のれん》がでていないところを見ると、まだ店は開いていないらしい。

いまはメシどころじゃない。『宝箱』の編集部を見つけなきゃ。

そう思い、その場から動こうとしたときだ。

「入れるぜ」とうしろから声をかけられた。ふりむく間もなく、右隣に信輔よりも頭ひとつ半はでかい男がぬっとあらわれた。肩幅も広く胸板も厚い。ワイシャツ姿だがネクタイはしておらず、両腕ともに肘《ひじ》まで袖をまくっている。

「ほんとは十一時半からなんだがな。さっき電話して、いっていいかって頼んだら、オッケーしてもらったんだ。よかったらきみもどうだ？　どうせ一人前も二人前もつくる手間は変わらん」

「ぼ、ぼくは」

「いまさっき腹が鳴ってたじゃないか」

「え、あ、ああ、はい」

「金がないのか。心配するな。奢《おご》ってやる。ただし」男はポケットに手を突っ込んだ。

ふたたびだした手を開くと、そこにあったのは小銭ばかりだった。それにしてもでかい手だ。まるでキャッチャーミットである。「六百円までだ。それ以上は自分で払ってくれ。いいか？」

強面《こわもて》だが愛嬌《あいきょう》のある笑顔で誘ってくる。信輔は断る術《すべ》がなかった。

「おもしろいか、その雑誌」

男は串カツ定食を頼んだ。それが六百円だと確かめてから、信輔もおなじものにした。店はカウンターだけで、席の数は十もない。持っていた『宝箱』と地図帳をしまおうとしたところ、男にそう言われた。

「え、ええ。はい」

カウンターのむこうで、背中の曲がったおじいさんが串カツを揚げている。

「どこがおもしろい？」

「映画の記事が充実してて」

「ふぅん」訊ねておきながら、気のなさそうな返事だ。いつの間にか男は煙草《たばこ》をくわえている。「きみは映画が好きなのか」

「あ、はい。月に三十本は見ます」

つい力んで言ってしまう。だが男の反応は乏しい。ほとんどゼロである。彼はビールを注文した。

「グラスはお二つですか」おじいさんが聞き返す。

「きみは」男は信輔を横目で見た。「呑める年か？」

「二十二歳です」

「ほんとか」

「学生証、お見せします」

「その必要はない」

おかしそうに笑い、男はおじいさんからグラス二つとビールの大瓶を受け取った。

「ぼく、注《つ》ぎます」

「いや、いい」男はくわえ煙草でグラスにビールを注いでいく。「さっき、月に三十本って言ったが、それはなにか。ビデオを含めてか」

「いえ。たいがい名画座で見てます。そこのギンレイホールでも」

「ほう」男は自分で注いだビールを呑み干した。一秒もかからない。コンマ何秒かだった。「もしかしてきみは『宝箱』の編集部へいくつもりだったのか」

どうしてわかったのだろう、とは思わなかった。『宝箱』と地図帳を持っていたのだ、推測はつくだろう。

「あ、ああ。はい」

「何時にだれと約束している？」

「え、あ、いえ」信輔はたじろいでしまう。

「おっとすまん。おれはいつもこうなんだ。物事が順序だててできん。それで会社でもよく怒られる」男は苦笑いを浮かべながら、ズボンの尻《しり》にあるポケットから定期入れを抜き取り、そこから名刺を取りだすと、信輔に渡した。「『宝箱』の一旗《いちはた》だ」

受け取った名刺には編集長とあった。信輔の鼓動はにわかに激しくなった。慌ててビールを一口呑み、「じつはその、だれとも約束をしたわけでは」

「はい、おまちどうさま」

おじいさんがみそ汁にご飯、そして揚げたての串カツをだしてきた。

「熱いうちに食っちまおう」

「あ、はい」腹の虫が鳴っていたくらいだ、食欲はある。しかし食事がなかなか喉《のど》を通らない。味もさっぱりだ。それでも無理矢理突っこみ、ビールで流しこんでいく。

「どうしてウチを訪ねようとした？」

気づくと一旗の皿も茶碗も空になっていた。信輔はまだ半分も進んでいない。

「こないだ編集者の応募を」

「するときみが佐々木か？」

「い、いいえ、ちがいます。ぼくは」

信輔は自分の名字を告げた。佐々木よりも平凡でありきたりな名字だ。

「結果をまだ知らされていないので」

「採用は決まっている。いま言った佐々木って子、ひとりだけだ。きみのところには通知は届いていないのか」

「通知というのは」

「残念でしたっていうヤツだよ。先週には発送済みなんだが」

信輔は箸《はし》をとめた。これ以上、食べるのは難しい。無理だ。

「だいじょうぶか、きみ？」

「ぼ、ぼくの、なにが」声がつまる。信輔は空咳《からぜき》をひとつした。「ぼくのなにがいけなかったのでしょう？」

一旗は首をかしげた。煙草を持つ手で眉間《みけん》をぽりぽりと掻《か》いている。

「映画の批評も送ってきたか」

「あ、はい。コーエン兄弟の『赤ちゃん泥棒』について書いたんですが」

「『夢からの追撃者』ってタイトルのか」

「そ、それです」

信輔の口から米粒が吹き飛び、一旗の右腕についた。「汚ねぇな、おい」

「すいません。それであの、ぼくの批評はい、いかがだったでしょう？」

「いかがでしたって言われてもな」一旗は煙草の煙を燻《くゆ》らせながら、信輔の飛ばした米粒を人差し指で弾《はじ》き飛ばす。「おぼえているのはタイトルだけだ。なにか心にひっかかることがあれば、採用しているはずだしな」

「は、はあ」

「家に帰ったら、通知がきているかどうか、もう一度たしかめてくれないか。おれも編集部に戻ったら、確認してみる」

「いえ、あの、はい」

「そう落ち込むな。ウチとは縁がなかっただけのことだ。あるいはおれたちが、きみの才能を見抜けなかったのかもしれんだろ」

一旗は煙草をもみ消すと、カウンターの中のおじいさんに「勘定頼む」と声をかけた。

「悪いがおれは仕事を残してきてるんでね。さき、帰らせてもらう」そして信輔の肩をぽんと叩いた。「じゃあな。今後のきみの健闘を祈る」

ネクタイがうまく結べない。どうしよう。親に訊ねるのは気恥ずかしく、そのままできてしまった。電車の中で幾度も試したものの、うまくいかない。『グレムリン』の主人公がしていたような、結ぶのではなく、ワンタッチでつけられるようなものは売っていないものだろうか。

こないだのように、真鍋でもいてくれればいいのに。

車内を見回すが、いるはずがなかった。

『宝箱』の編集長に会ったのは三日前のことだ。串カツ定食を食べ切れずに店をでてから、映画を見に新宿へ寄ることもなく、まっすぐ自宅に帰った。未玖子やその母、真鍋、そして一旗の言葉が頭の中で渦巻き、映画どころではなくなってしまったのだ。ともかく信輔は就職活動をはじめることにした。髪は長いままだ。それでも親の金で買ったスーツをいつまでも放っておくわけにもいかない。

ネクタイをスーツのポケットにしまいかけたときだ。

「つけてさしあげましょうか」

となりのおばさんが声をかけてきた。おばあさんといっていいくらいの歳かもしれない。

「それってあの」

「ネクタイよ。貸してちょうだい」

断りようがない。ネクタイを渡してから、お互い上半身をひねり、むきあう形になった。彼女はものの五秒もかけずにネクタイを結んでくれた。

「苦しくない？」

「だいじょうぶです」ほんとは少し苦しかったが、我慢した。「ありがとうございます」

「ひさしぶりだわ。ネクタイ結ぶの。昔はね、毎朝、旦那にしてあげていたわ」おばあさんは右手で三本、指をだした。「三十年も」

「すごいですね」としか言い様がない。

「風邪《かぜ》で寝込んでいるときも、ネクタイだけは結んであげなきゃ駄目だったんだから。ほんと、ぶきっちょなひとで、ネクタイどころか、蝶結《ちょうむす》びもできなかったの。笑っちゃうでしょ」

笑えなかった。信輔も蝶結びができないからだ。

「その代わりってわけでもないでしょうけど、真面目《まじめ》なひとだったわ」

すべて過去形である。旦那さんは亡くなっているのかもしれない。

「あなたは学生さん？」

「え、ええ。これから会社の面接に」

「そう。大変ね」

新宿駅に着いた。信輔は隣のおばあさんに軽く会釈し、出口にむかう。するとぽんと背中を叩かれた。おばあさんだ。

「しっかりね」

そして彼女は右手でVサインをつくった。

天涯孤独。孤立無援。孤軍奮闘。それでも先に進まなければならない。しっかりしなければならないのだ。

信輔はVサインを返した。

●初出●

| | | |
|---|---|---|
| 逆ソクラテス | 伊坂幸太郎 | 書き下ろし |
| 骨 | 井上荒野 | 「すばる」<br>2012年4月号 |
| 夏のアルバム | 奥田英朗 | 「小説すばる」<br>2012年2月号 |
| 四本のラケット | 佐川光晴 | 「すばる」<br>2012年3月号 |
| さよなら、ミネオ | 中村航 | 「web 集英社文庫」<br>2011年12月～2012年1月 |
| ちょうどいい木切れ | 西加奈子 | 「すばる」<br>2012年3月号 |
| すーぱー・すたじあむ | 柳広司 | 「小説すばる」<br>2006年4月号 |
| マニアの受難 | 山本幸久 | 「web 集英社文庫」<br>2012年3月 |

本書は、集英社文庫創刊35周年を記念して編集された
文庫オリジナル作品です。

集英社文庫の好評既刊

## あの日、君と　Ｇｉｒｌｓ

ナツイチ製作委員会　編

あさのあつこ、荻原浩、加藤千恵、中島京子、本多孝好、道尾秀介、村山由佳。人気作家7人が描く、爽やかで少し切ない「少女たち」の物語。集英社文庫創刊35周年記念の文庫オリジナル作品。

集英社文庫の好評既刊

# 短編復活

集英社文庫編集部 編

浅田次郎、東野圭吾、宮部みゆき、唯川恵……「小説すばる」に掲載されてきた膨大な数の短編小説を、厳選してお届け。ミステリから恋愛小説、はたまた爆笑ユーモア小説まで、とっておきの16編を集めました。

集英社文庫の好評既刊

## 恋のトビラ　好き、やっぱり好き。

石田衣良　角田光代　嶽本野ばら
島本理生　森絵都

素敵な出会いがない、好きな人はいるのにもう一歩が踏み出せない……そんなあなたのために、人気作家5人が描く、切なくいとおしいラブストーリー。心の鍵を開けてくれる物語が詰まっています。

集英社文庫

あの日《ひ》、君《きみ》とBoys《ボーイズ》

2012年5月25日　第1刷　　定価はカバーに表示してあります。

編　者　ナツイチ製作委員会《せいさくいいんかい》

著　者　伊坂幸太郎《いさかこうたろう》　井上荒野《いのうえあれの》　奥田英朗《おくだひでお》　佐川光晴《さがわみつはる》
中村《なかむら》　航《こう》　西《にし》　加奈子《かなこ》　柳《やなぎ》　広司《こうじ》　山本幸久《やまもとゆきひさ》

発行者　加藤　潤

発行所　株式会社　集英社
東京都千代田区一ツ橋2-5-10　〒101-8050
電話　03-3230-6095（編集）
03-3230-6393（販売）
03-3230-6080（読者係）

印　刷　中央精版印刷株式会社　株式会社美松堂

製　本　中央精版印刷株式会社

フォーマットデザイン　アリヤマデザインストア　　マークデザイン　居山浩二


ISBN978-4-08-746830-4 C0193